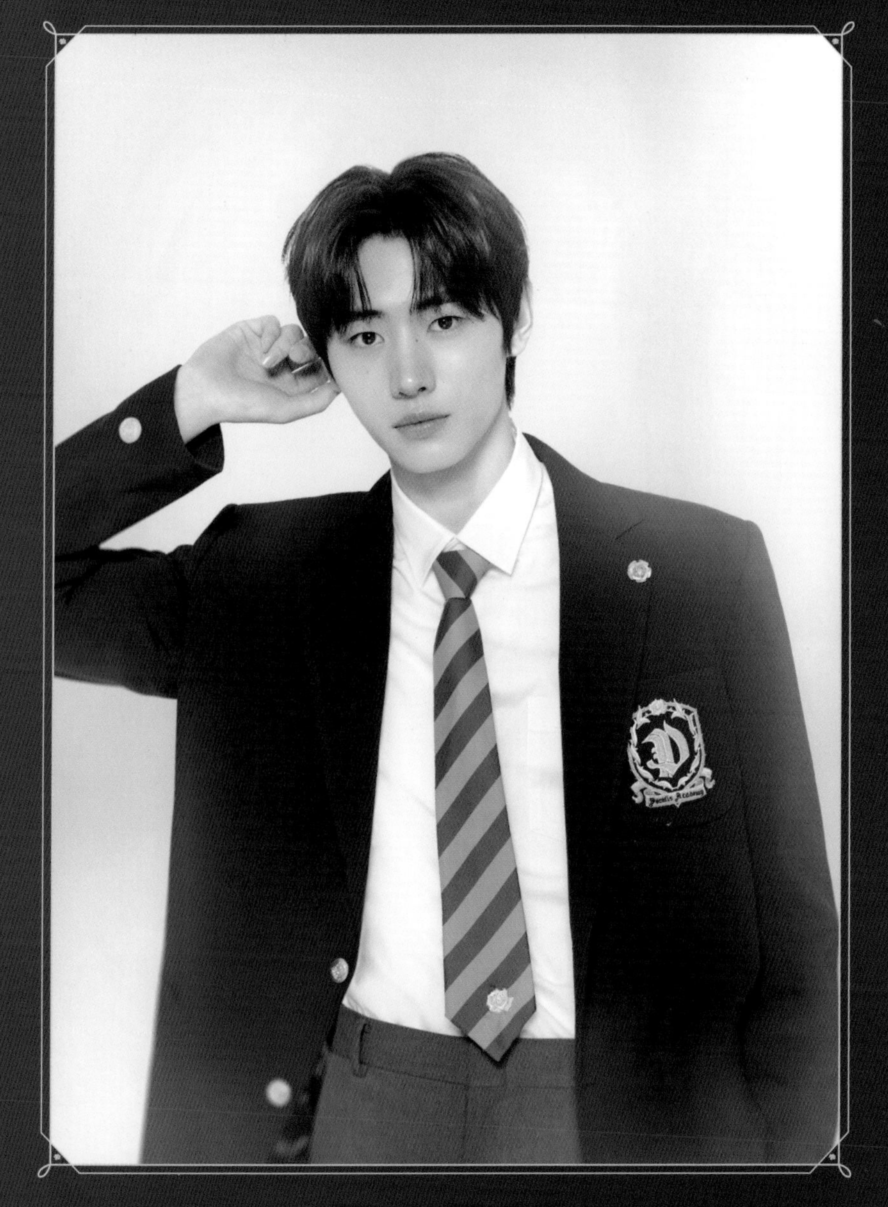

DARK
달의 제단
MOON

WITH ENHYPEN

DARK
달의 제단
MOON

WITH ENHYPEN

DARK
달의 제단
MOON

WITH ENHYPEN

DARK
달 의 제 단
MOON

WITH ENHYPEN

DARK
달의 제단
MOON

WITH ENHYPEN

DARK
달의 제단
MOON

WITH ENHYPEN

DARK
달의 제단
MOON

WITH ENHYPEN

DARK
달의 제단
MOON
WITH ENHYPEN

DARK
달의 제단
MOON
WITH ENHYPEN

기획/제작
HYBE

공동기획

WITH ENHYPEN

5
WEBNOVEL

학산문화사

DARK
MOON
WITH ENHYPEN

차례

제 48 화

꿈
part 4

꿈속에서도 헬리는 다정하게 웃었다.

저희와 같이 나가시지요.

너 그럴 때마다 진짜 얄미운 거 알아?

항상 그녀가 가장 바라는 걸 이런 때 눈앞에서 살살 흔들어 대는 게 헬리였다.

그렇게 얄밉게 생각하지 않으신다는 것도 압니다.

모든 걸 다 알고 있다는 눈을 휘어가며 웃으면 누가 괜찮다고 할 줄 알고?

그건 내가 너그러우니까 그런 거야.

예, 너그러우신 공주님, 기다리는 저희를 생각해 얼른 가서 끝내고 와주시지요.

기사들은 절대로 이번에 약을 먹으면 건강해질 거다, 괜찮아질 거다 같은 듣기 싫은 소리는 하지 않았다.

오늘은 왕국의 수호신, 바르그께서 내린 피를 마시는 신성한 날도 아니고, 그냥 먹기 싫은 약을 얼른 먹고 끝내는 날일 뿐이다.

아픈 건 지긋지긋하게 싫어하는 공주에겐 딱 그 정도가 좋았다. 더 이상 의미를 부여하는 건 오히려 불안하고 힘겨울 뿐이다.

그들은 공주의 어깨에 놓인 짐이 얼마나 크고 막중한지, 공주가 그 짐을 제대로 지려고 매 순간마다 얼마나 애쓰고 있는지 잘 알았다.

나가서 맛있는 거 먹자. 아무리 수호신의 피라고 해도 피 맛은 이상할 거 같잖아?

혹시 누가 들을까 봐 소곤소곤, 공주는 헬리에게 속삭였다.

바르그를 섬기는 신관들이 눈에 불을 켜고 있는 신전의 문이 그사이 활짝 열렸다. 오늘 특별히 예복을 입은 기사들은 공주를 호위하며 안으로, 더 깊숙한 안으로 들어갔다.

공주님. 어서 오십시오.

대신관. 오랜만입니다. 잘 지냈나요?

마중 나온 대신관을 대할 때쯤, 공주는 언제 툴툴거리고 부루퉁했냐는 듯 우아하고 현명하며 군더더기 없는 후계자로서 잘 처신하고 있었다.

흠 하나 없이 행동할 때까지 얼마나 뼈를 깎는 노력을 했는지는 기사들이 가장 잘 안다. 공주는 늘 책을 끌어안고 늦은 밤까지 공부했고, 후계자의 건강이 좋지 않다는 치명적인 단점을 극복하기 위해 애쓰고 또 애썼다.

안으로 드시지요. 모두가 기다리고 있습니다.

'모두'라는 건 말 그대로 '모두'였다. 여왕을 비롯해 중요한 신하들과 이 의식을 주관하는 신관들까지, 모두가 줄을 서서 공주의 등장을 기다리고 있었다. 공주는 옷자락을 꼭 쥐거나 위축된 표정을 짓지 않으려고 애썼다.

저 끄트머리, 그녀의 어머니와 가장 가까운 곳에 재상 다르단이 서 있었다. 그의 뒤로 저번에 보았던 쌍둥이 자매도 서 있다.

헬리는 노아와 슬쩍 눈을 마주쳤다. 그들은 전부 정원에서 무슨 일이 있었는지 똑똑히 기억하고 있었다.

그럼 의식을 시작하겠습니다.

여왕은 재상을 신뢰한다. 그는 지혜로웠고, 훌륭히 재상 업무를 수행해냈으며, 덕분에 왕국은 번영했다.

하지만 여왕은, 공주의 어머니는 재상이 감추고 있는 마음을 알고 있는가? 재상이 순수한 충성만을 바치고 있다고 생각하는가? 공주는 어머니의 속내를 다 알지는 못했다. 그녀는 아직 성인이 되지 않았고, 부족한 게 많은 후계자이니까.

우리 왕국을 수호하는 고귀한 늑대신, 바르그께서는 일찍이 스스로의 피를 남겨두셨습니다.

하지만 적어도 재상이 공주를 우습게 보고 있다는 건 잘 알았다. 저번 정원에서의 일로 아주 확실하게 알았다. 아마 헬리는 그걸 예전부터 눈치채고 있었던 모양이다.

공주님, 이쪽으로 오시지요.

대신관은 그녀를 물이 찰랑대는 제단 테두리 안으로 들어가도록 했다.
공주는 자신에게 꽂히는 재상의 시선을 느꼈다. 그는 저 멀리, 그에게 허락되지 않은 제단 위에 놓인 바르그의 피 또한 유심히 들여다보고 있었다.

안으로 들어가십시오.

발목까지 잠기는 물이 그녀의 발을 적셨다. 공주는 이게 도대체 어떤 식으로 진행되는 건지 전혀 모르겠다고 생각하면서 앞으로 나아갔다.

기사들은 기사들대로 신경이 잔뜩 곤두서서 공주가 물 안으로 걸어 들어가는 모습을 지켜보았다. 이 제단에서 그들의 눈이 닿지 않는 곳은 없었다.

특히 재상이 그들의 감시를 중점적으로 받았다. 감이 좋은 기사들은 누굴 경계해야 하는지 본능적으로 알고 있었기 때문이다.

바르그께서 예비하신 길입니다. 계속 걸어가십시오. 그대로 제단까지 가시면 됩니다.

하지만 저 물 위에 높이 솟은 제단으로 올라가는 계단은 없었다. 공주는 눈에 띄지 않게 고개를 갸우뚱거리면서도 어쨌든 시키는 대로 걸음을 옮겼다.

아……?

물방울이 그녀의 발바닥을 때렸다. 아니, 때리는 게 아니라 밀어 올리고 있었다. 발이 물 위에서 떨어지고, 한 번 더 걸음을 내딛는 순간, 그녀는 물 위가 아닌 저 위 제단에 서 있었다.

공주는 깜짝 놀라 숨을 들이마셨다. 둥그런 원 위에 선 그녀 앞에 놓인 건 커다란 대접이었다. 아무리 봐도 심상치 않아 보이는 대접 위에 붉은 피가 일렁인다.

이 피를 다 마시라는 건가? 어떻게 하라는 거지? 공주는 아래에 있는 신관을 쳐다보려 했다.

하지만 대접 위에 있던 피가 저절로 움직이는 게 먼저였다. 괜찮아. 놀랄 거 없어. 공주는 스스로에게 말하며 더 가까이 다가갔다.

아. 너구나.

처음 듣는 목소리가 말했다. 부드럽고 진중하며 따뜻한 목소리였다. 늑대가 기분 좋게 그르렁대는 소리가 들리는 것도 같았다.

왕국의 샤먼혈통을 이은 후계자여.

……설마, 바르그 님?

죽을 날을 스스로 선택하고 피를 남겨둔 수호신의 목소리인가?

공주가 놀라 조그만 목소리로 되묻는 순간, 허공으로 치솟았던 바르그의 피가 그대로 그녀에게 달려들었다.

시야가 온통 붉었다. 공주는 자신의 손에 묻은 피를 믿을 수 없다는 듯 바라보았다.

피가 조금씩 그녀의 손목 혈관 안으로 스며들어 사라지고 있었다.

☾

다르단은 '그때', 공주가 바르그의 피를 마셨는지, 수혈을 받았는지, 아무튼 그때에 좀 더 정확하게 봤어야 했다고 언제나 후회했다.

오직 공주만이 제단 위에 올라 그 피를 받았으니 정확하게 피를 받은 방법은 공주만 알았다.

그녀는 신관이 말하는 대로 마시려고 했지만, 바르그의 피는 스스로 움직였다고 했다.

'하지만 내가 손댔을 때는 그저 피일 뿐이었지.'

피에 자아가 있는 것도 아닌데 어떻게 피가 움직인다는 건가? 처음에는 비웃었으나 시간이 지날수록 뭔가 잘못되었다는 게 선명해졌다. 공주는 점점 강해졌고, 다르단은 전혀 그러지 못했다.

그럼에도 불구하고 스스로를 여전히 아득바득 최초의 뱀파이어라 일컫는 존재는 제 손을 내려다보았다. 그는 지금도 불완전했다.

"시간이 없어, 트레나. 알고 있잖아."

트레나는 바닥에 머리를 박고 부들부들 떨기만 했다. 하여튼 아무리 가르쳐도 마뜩잖다.

하지만 어쩌겠는가. 다르단이 피를 나눠준 존재 중 트레나가 그나마 공주와 비슷한 능력을 가지고 있었다. 그래서 특별히 그 능력의 가능성을 보고 그냥 내버려 두는 중이다. 추후에 정말로 공주를 되찾게 된다면, 트레나는 쓸모가 없어지겠지만 말이다.

"나는 언제나 시간이 부족한데, 너는 그게 전혀 신경 쓰이지 않는 모양이구나."

다르단은 칼을 들어 탄탄하지만 창백한 팔뚝을 길게 그었다. 수천 번 실험을 했던 터라 이제 이런 상처를 내는 건 아무렇지도 않았다. 그는 아주 섬세하게 딱 필요한 정도만 상처를 낼 줄 알았다.

하지만 트레나는 대단히 무엄한 짓을 저지른 셈이다. 감히 그가 스스로 칼을 들고 피를 주게 하다니.

주르르 떨어진 피가 유리잔 안에 고였다. 깨끗하게 팔뚝을 닦아낸 다르단은 유리잔을 들고 미끄러지듯 걸어갔다.

"나를 위해 목숨도 내놓겠다면, 최선을 다해야지. 그건 말뿐이었나?"

절대 그렇지 않다고 트레나가 대답하려 했지만, 그녀는 대답할 수 없었다.

강제로 그녀를 일으킨 다르단은 그녀의 입 안으로 피를 밀어 넣었다. 그르륵, 갑자기 억지로 디밀어지는 피에 놀란 목구멍이 거부했지만 다르단은 신경 쓰지도 않고 피를 다 삼킬 때까지 그녀를 놔주지 않았다.

"다 삼켜."

한 방울이 귀하다. 트레나는 폭발적으로 나오려는 기침을 참고, 참고, 또 참았다. 눈에 눈물이 고였으나 그녀는 꾹꾹 참았다. 태조께서 주신 피다. 당연히 다 마셔야 했다.

다르단은 잔이 비자마자 트레나를 툭 놔버리고 다시 몸을 돌렸다.

"전부 다 사로잡아와라. 한둘쯤 죽는 거야 어쩔 수 없지."

그 어린 것들. 다르단은 눈을 가늘게 뜨고 미간을 좁혔다.

전부 꼭 지들 같은 이능력을 가졌지. 그중에서도 공주를 특히 싸고돌며 다르단을 일찍부터 경계하던 제일 큰 놈이 문제였다. 눈치가 빠르더니, 능력을 가지자마자 사람의 생각을 죄다 읽었다. 탐나는 능력이었다.

"하지만 그놈들 중 제일 나이 많은 놈. 그놈이 있다면 꼭 사로잡아와."

공주의 머릿속은 절대 읽지 않으려 애쓰면서도 다르단의 머릿속을 읽는 데는 주저하지 않았던 건방진 놈.

"예, 예……."

트레나의 목에서는 아직 쉰 목소리가 났다.

"꼭……, 그리하겠습니다."

"머릿수가 필요하다면 뱀파이어들은 좀 내어주도록 하지."

"감사합니다."

다르단은 비천하게 바닥에서 바르작대는 트레나를 한심하다는 듯 내려다보았다. 전부 다 눈에 차지 않았다. 트레나도, 그녀의 쌍둥이 언니도, 모두가 다.

오랜 세월 동안 그의 눈에 찬 건 완전한 피와 완전한 능력을 가진 공주뿐이었다.

"시간이 없다. 당장 움직여."

"예, 다르단 님."

트레나는 깊숙이 고개를 숙이며 다시는 실수하지 않겠다고 맹세했다. 피를 수혈받은 것도 아니고 그저 먹었을 뿐이지만 그 또한 다르단의 귀한 피다. 그녀는 상처가 아무는 걸 느꼈다.

"반드시 보답하겠습니다. 감사합니다."

그녀는 굳게 다짐했지만, 정작 다르단은 전혀 신경 쓰지도 않았다.

그건 당연한 거 아닌가. 그가 이렇게까지 해줬는데, 마땅히 제대로 보답해야지.

☾

모처럼 평화로운 아침을 맞이한 수하는 곧장 세수부터 했다.

물이 얼굴에 닿으니 더 정신이 들었다. 이젠 마냥 부끄럽고 창피하다며 베개를 때릴 때가 아니란 걸 알았다.

'……꿈이 순서대로 보이는 건 아냐.'

최근에 꾼 건 순서대로였다지만, 리버필드 시에 처음 전학 와서 헬리와 만났을 때 꿨던 꿈은 아니었다. 아마 지난밤 꾼 꿈보다 훨씬 후에 있었던 일일 거다. 하지만 최근 꾸는 꿈은 순서대로 착착 이야기가 이어진다.

'느낌일 뿐이지만.'

수하는 젖은 손을 내려다보았다. 바르그의 피는 피부를 통해 스민 게 아니었다. 그녀의 혈관을 정확하게 찾아 그 안으로 스스로 들어갔다.

"……무슨 영화도 아니고……."

당황스럽게. 그녀는 손을 보다가 수건에 닦았다. 너무 당황스러울 정도로 자연스럽게 받아들이게 된다.

하긴 현실에서도 안개가 되는 능력을 가지고 있는데 뭐 그런 꿈이 신기하겠냐. 이쯤이면 그런가 보다, 하고 받아들여야지.

'이번엔 애들 얼굴이 다 나왔지.'

일곱 명 전부 다 확인했다. 꿈을 꾸기 시작한 것도 헬리와 마주한 후부터 꾼 거였으니, 역시나 뱀파이어 소년들과 연관이 있는 모양이었다. 그냥 그렇게 생각하기로 했다. 그게 아니라면 갑자기 이렇게 체계적이고 분명한 꿈을 꾼다는 게 말이 안 되니까.

'그럼 이건 내 몫인가?'

그녀 혼자서 꾸는 꿈이라면 그녀 혼자서 고민하고 끌어안아야 할 몫이었다. 그건 좀 억울한데. 뱀파이어 소년들을 만나기 전 수하의 삶은 좀 우울하고 기가 죽었긴 했어도 이 정도로 판타지는 아니었다.

아, 하긴 저렇게 잘난 애들이랑 함께 다닌다는 것 자체가 고등학생에겐 판타지지.

"일어났냐?"

다 씻고 밖으로 나오니 솔론이 생수를 건넸다.

"어. 고마워."

"가서 밥 먹어. 선샤인 애들이 뭐 만들더라."

"으응."

역시, 처음 꿈을 꿨을 때보단 뱀파이어 소년들 얼굴을 보는 게 편해졌다. 걔들이 공주님이라고 불러주는 꿈을 꾸고 스스로 공주병에 걸린 거 아닌가, 하고 고민하는 건 아무리 생각해도 이 시점에서는 말이 안 된다는 걸 인정하니 그런 거다.

"내가 자는 사이에 별일 없었어?"

으, 이젠 하도 밤에 움직여서 밤낮이 뒤바뀔 지경이었다. 엄마가 안다면 바로 잔소리하실 텐데.

"별일 없어. 그냥 다들 돌아가면서 잘 잤어."

"나도 불침번 서야지, 이제."

"됐어."

"왜, 불공평하잖아. 나도 잘할 수 있……."

솔론은 그녀를 물끄러미 보았다.

"잘할 수 있……."

오기가 생겨서 한 번 더 말했지만, 그의 묵묵한 시선에 말을 미처 끝내지 못했다.

소년들이 수하를 따로 불침번을 서지 않게 하는 이유는 간단했다. 소년들은 살아오면서 계속되는 위협에 실전으로 단련했고, 경험으로 얻은 판단능력이 뛰어났다.

하지만 수하는 이제야 걸음마나 하는 정도였다. 그러니 그녀가 불침번을 설 정도의 실력이 되려면 아직 한참 멀었다는 뜻이었다.

"아, 알았어어."

안 하면 되잖아, 안 하면.

"너한테 불침번 맡길 정도면 상황 진짜 심각한 거야. 거기까지는 가지 말아야지."

"안다니까."

"전혀 모르는 거 같은데. 우리한테 불침번 세운다고 미안해 할 시간에 더 쉬기나 해."

수하는 대답 대신 팔랑팔랑 손을 흔들며 걸어갔다. 솔론은 그 뒤에 대고 차마 하지 못할 말을 속으로 중얼거렸다.

'지켜야 할 사람을 불침번 세우는 법이 어디 있냐. 그거야말로 직무유기지.'

제 49 화

꿈
part 5

솔론의 눈에 지금 걸어가는 수하의 뒷모습이나 꿈에서 본 공주의 뒷모습이나 소름 끼칠 정도로 똑같았다.

공주와 달리 수하는 건강하고 힘도 센 씩씩한 고등학생이었지만, 그럼에도 불구하고 자꾸만 조심해야 한다는 강박이 드는 건 아마 꿈에서의 기억 때문일 거다.

공주는 몹시 약하다. 그걸 꿈으로 자주 본 건 아니었지만 그냥 알았다.

솔론은 수하를 보다가 시선을 돌렸다.

'건강해져서 다행이지.'

건강해졌으니까, 꿈에 늑대가 되었던 그를 겁도 없이 따라 나와서 함께 놀기도 했던 거였다.

그 꿈을 미리 꿨으니 망정이지, 아니었다면 그녀가 과연 건

강해졌을지, 아닐지 꽤나 신경 쓰일 뻔했다. 그는 인기척이 나는 곳으로 향했다.

"왜?"

아까부터 복도에 서서 그가 반응할 때까지 빤히 보고 있던 노아가 물었다.

"형. 형도 꿈꿨어?"

앤 일어나자마자 하나씩 돌아가며 제 형제들에게 꿈꿨냐고 확인 중이다.

"잤으면 꿈을 꾸지. 왜?"

"나 심각해. 꿨어? 그 꿈, 꿨어?"

눈을 번뜩거리면서 묻는 모습을 보아하니 확실하게 대답하지 않으면 하루 종일 쫓아다니면서 귀찮게 할 게 뻔하다. 솔론은 그냥 고개를 끄덕여주었다.

"그럼 다 꾼 거네. 무슨 꿈이었어? 헬리 형은 나랑 똑같은 꿈을 꿨대. 아주 똑같은 꿈."

"피 마시는 거?"

그쯤만 이야기해줘도 노아는 바로 알아듣는다.

"형까지 꿨으면 그냥 다 꿨다고 봐도 되겠네."

"나한테 마지막으로 물어본 거냐?"

“아니. 지노 형이랑 시온한테는 안 물어봤는데 그 둘은 대답 안 했어도 한 걸로 퉁 칠 거야.”

“아, 그게 그렇게 되는 거냐.”

둘이 들으면 그런 게 어디 있겠냐고 어이없어할 텐데. 하지만 노아는 산뜻하게 돌아섰다.

“대답 듣기 제일 어려운 사람이 형이잖아. 형이 꿨다면 다 꾼 거야.”

“어디 가?”

“헬리 형한테! 어디 있지?”

헬리야 보나 마나 수하가 끼니를 제대로 챙기나 안 챙기나 보고 있을 게 뻔한데.

하지만 솔론이 말해주기도 전에 노아는 쌩하니 사라졌다. 뭐, 알아서 찾아오겠지. 솔론은 주머니에 손을 꽂은 채 잠시 창밖을 내다보았다.

프린태니어 시 외곽에 위치한 이곳은 빽빽하게 들어찬 나무로 둘러싸인 넓은 집이었다. 스무 명은 족히 머물 수 있는 이곳은 불편한 점이라곤 전혀 없었지만, 솔론은 어쩐지 리버필드 시의 따뜻한 바다가 그리웠다.

‘빨리 돌아갈 수 있다면 좋겠지.’

하지만 그의 경험에 의하면, 보통 그런 소원은 잘 이루어지지 않았다.

☾

트레나는 말끔해진 얼굴로 돌계단을 내려왔다.

이곳의 차가운 공기는 뱀파이어들의 뼛속까지 얼려버린다. 엄격한 규율과 절도가 있었지만, 그 모든 기준은 오직 한 사람이었다.

때문에 아무리 엉망이 된 뱀파이어라도 이곳에 오면 다시 멀쩡해지지만, 가슴 속에 깊은 공포를 가득 안게 된다.

"준비는 끝났습니다."

태조 다르단이 내어준 뱀파이어들은 그녀가 직접 키운 정예만큼이나 쓸 만할 거다. 애초에 그녀가 키웠던 정예도 이곳에서 나온 뱀파이어들이니 근본은 같았다.

단지 흥겹고 즐거운 레일건 분위기에 물들어 호탕하고 쾌활했던 부하들과는 달리, 이곳에 줄지어 서 있는 뱀파이어들은 단단하게 각이 잡혀 조금도 흐트러지지 않았다.

'내 부하가 아닌 태조님의 부하들이기 때문이지.'

이유를 잘 알았던 트레나는 내색하지 않고 고개만 끄덕였다. 어쨌든 같은 뱀파이어고, 적을 소탕하는 일에 뱀파이어들은 그저 잔혹하기만 하면 그만일 뿐이다.

"어려운 임무다."

그녀는 가만히 생각하다가 입을 열었다. 다르단의 부하들은 아무런 소리도 내지 않고 그녀의 말을 경청했다.

"동시에 신성한 임무이기도 하다."

트레나는 스스로 말하면서 그 말로 위로받고, 마음을 다졌다.

그래. 이 일은 아주 신성했다. 태조께 도움이 되고, 무엇보다 태조께서 가장 원하시는 것을 가져다드리는 거다.

"먼저 프린태니어로 가서 감히 태조님의 위대한 사업을 방해하는 것들부터 색출해야 한다."

목표는 늑대인간 소년들과 뱀파이어 소년들. 그중 뱀파이어 소년들은 흔히 발에 채이는 드리프터가 아닌 뱀파이어들의 가장 원천적인 힘, 다르단마저도 도달하지 못했던 근원에서 나온 힘을 가지고 있었다.

"웬만하면 죽이지 않는 게 목표다."

실수는 더 큰 공으로 만회해야만 했다. 트레나는 특히 그녀의 실수가 아직까지는 쌍둥이 언니의 귀에 들어가지 않길 바랐다.

들어간다 해도 모든 일이 해결된 후에 들어가야 했다. 트리샤가 실수한 걸 안다면 그녀가 처음부터 끝까지 신나게 비웃어줄 용의가 있는 것과 같은 이유 때문이었다.

"하지만, 방해가 된다면 살해해도 좋다."

결국 유일한 목적인 공주를 찾는다면 늑대인간이고 예전의 그 '어린 것들'이고 다 죽여도 상관없었다.

"움직이지."

모든 상처를 회복한 트레나는 이번에야말로 기필코 만회하겠다고 생각하며 눈을 빛냈다.

"그래서."

칸은 동생들이 배부르게 먹는 모습을 보며 아주 흐뭇하게 웃었다. 한참 성장기니 잘 먹고 푹 쉬기만 해도 쑥쑥 자라고, 또 다친 곳도 금방 아물 거다.

"레일건 마스터는 어떻게 잡을지, 작전을 생각해둔 사람?"

칸의 질문에 수하를 비롯한 늑대인간 소년들이 음식을 씹다 말고 고개를 들었다. 저 인간은 왜 먹을 때 저런 걸 물어보냐는 표정이다. 먹을 때는 개도 안 건드린댔다고!

"미안. 다시 먹어."

볼이 터질 지경인데 눈빛은 살벌한 걸 보고 칸은 얼른 사과했다. 다시 일곱 개의 머리가 숙여졌다.

고민이 많아 보이던 수하의 머릿속이 어느 정도 정리되었나 보다. 헬리는 수하가 식사하는 모습을 보고 대충 알아차렸다.

여전히 머릿속이 복잡했다면 먹는 둥 마는 둥 하며 깨작거렸을 텐데, 씩씩하게 잘 먹는다. 그럼 됐다. 됐으니, 그는 그에게로 슬금슬금 다가오는 동생을 향해 고개를 돌렸다.

"왜, 노아야?"

누가 다가오는지 굳이 보지 않아도 바로 알아차리는 형에게 막내가 머뭇거렸다.

따로 말하자는 건가. 수하가 접시를 싹싹 비우는 걸 한 번 더 본 헬리는 노아를 따라 나갔다.

"다 꿨어."

"주어와 목적어를 좀 제대로 말해줘……."

"아, 왜 이래. 벌써 다 알아들었잖아. 우리는 그 꿈 똑같이

다 꿨다니까. 내가 방금 솔론 형까지 싹 확인했어."

"지노와 시온은 빼먹었겠지."

어, 그건 어떻게 안 거지?

노아는 눈을 둥그렇게 뜨다 말았다. 헬리는 늘 감이 좋으니 눈치챘겠지. 새삼스러운 일도 아니었다.

"솔론 형도 꿨대. 피 마시는 꿈이랬어."

"누가 마시는 건지 물어봤어?"

"아, 형, 진짜."

이쯤이면 너무 뻔한 거 아냐?

노아는 허리에 손을 짚었다.

"내가 형한테 무슨 꿈을 꿨는지 보여줬잖아, 아까."

"그랬지. 갑자기 밀려들어서 내가 깨어났는데 꿈을 또 꾸나 했다."

"거봐. 그럼 그걸로 형이랑 내가 똑같은 꿈을 꿨다는 거 아냐. 그런데 다른 사람들도 다 똑같이 피 마시는 꿈을 꿨다고 하면 얘기 끝난 거지."

헬리는 동생을 약간 웃으며 바라보았다.

"그래서?"

"응?"

"그래서, 이제 어떻게 하자고?"

노아는 아주 비장하게 말했다.

"……형이 총대를 메자."

"총대를 메서 뭘 하는데?"

"수하한테 딱 한 번만 물어봐 줘. 나 이젠 진짜 궁금해 미치겠단 말이야."

"아, 그 꿈에 레일건 마스터랑, 그 여자의 쌍둥이랑, 사진에서 본 남자가 등장하는 건 신경도 안 쓰이고?"

사실 중요한 건 지금 맞서고 있는 적인 그쪽인데 말이다. 하지만 노아는 뻔뻔하게 그를 쳐다보았다.

"어차피 나쁜 놈들이잖아."

"그게 끝이야?"

"나쁜 놈들은 그냥 싸워서 이기면 그만인 거야. 의심할 필요도 없던데, 뭐. 딱 봐도 '내가 나쁜 놈이다, 뒤통수 칠 각 재고 있다'라고 온몸으로 표시하고 있잖아? 특히 그 남자."

"재상 다르단."

노아는 고개를 끄덕이며 집게손가락을 세웠다.

"난 그놈이 뭘 노리는지 알아. 솔직히 형도 알잖아."

"뭘 노리는데?"

후드를 쓰고 나오던 지노가 툭 끼어들었다. 아마 그들이 이야기하던 내용을 다 들은 게 분명했다.

"나라. 좁게는 공주. 혹은 좀 더 정확하게는, 그 피지. 우리랑 다른 뱀파이어잖아."

노아의 확신에 찬 말에 지노는 고개를 갸우뚱거렸다.

"그땐 뱀파이어가 아닌 거 같던데?"

그 말을 듣자마자 노아는 헬리의 옆구리를 툭 쳤다. 이건 '거봐, 내가 지노 형도 똑같은 꿈 꿨을 거라고 했잖아'라는 뜻이다.

"너도 꿨냐?"

헬리는 허탈하다는 듯 물었고 지노는 순순히 고개를 끄덕였다.

"그래서 지금 좀 머릿속이 복잡해. 이게 다 뭔지, 이걸 저 선샤인 애들한테는 어떻게, 어디까지 말해야 할지, 수하 쟤는 어떻게 할지. 게다가 레일건 마스터를 찾아서 일단 제거는 해야 할 거 아냐."

그게 바로 헬리가 고민하는 거였다.

칸은 지금 레일건 마스터를 잡을 생각만 하고 있겠지만, 뱀파이어 소년들의 머릿속은 훨씬 복잡했다. 꿈을 꾸면 꿀수록 고민거리가 너무 많이 늘어난다.

그래서, 우리는 도대체 뭔데?

꿈은 실제로 일어난 일일까? 그렇다면, 정확히 언제?

고민할 시간이 있어? 당장 레일건 마스터가 언제 또 찾아올지 몰라.

다르단인가 하는 그 남자는 우리보다 더 많은 걸 알고 있을까?

우리가 감당하지 못할 적이면 어쩌지?

보육원 선생님들은 어디까지 알고 계셨던 걸까? 뭔가를 알고 계시긴 했던 걸까?

어지럽다. 복잡한 생각은 자꾸만 빙글빙글 돌았다. 답은 없고, 명확한 건 지극히 적었다.

"……만약에 레일건 마스터가 돌아온다면 레일건 꼴을 보고 상당히 화를 내겠네."

지금 확실하게 말할 수 있는 건, 단지 그것뿐이었다. 아무리 속이 복잡해도 지노의 경쾌한 목소리는 풀 죽지 않았다.

지노의 말은 사실이었다. 엉망이 되어 뒤엎어지고, 생각보다 훨씬 많은 숫자의 부하들이 레일건으로 돌아와 죽었다는 걸 알게 된 트레나는 입을 꾹 다물었다.

그녀의 발치에는 그리 중요하지도 않은 서류들이 쓰레기가 된 채 나뒹굴었다. 그녀가 수십 년간 애지중지하며 꾸미고 돌봤던 사무실은 책상이 반파되고, 책장 뒤에 숨겨놨던 금고까지 털린 채 제 기능을 완전히 잃었다.

"이것들이……."

책상 위에 있던 소중한 사진들도 쓸려나갔다. 금고가 털린 걸 보니 너무나 중요한 서류도 다 잃어버린 게 뻔했다.

이로써 그녀가 다르단의 명을 받아 언니 트리샤와 함께 키워왔던 점조직의 위치와 조직원이 전부 노출되었다.

"내가 자리를 비우는 동안 잘 지켰어야지, 이게 무슨 일이야!"

소리를 버럭 지르자 그나마 살아 있었던 그녀의 수하가 얼른 고개를 조아렸다.

"하지만 마스터, 이미 폭발로 인해 너무 많이 죽었습니다."

트레나는 눈을 꾹 감았다가 떴다.

그래. 이미 벌어진 일이다. 무엇보다 소중하게 간직하고 있던 다르단의 너무나 귀한 사진이 사라졌다는 게 속이 뒤집어질 지경이었지만, 벌어진 일이다. 다른 사진 한 장은 언제나 그녀가 목걸이에 품고 다니니 이 뼈아픈 손해는 그놈들을 싸그리 다 잡아내는 걸로 만회하자.

"그놈들, 어디에 있는지 찾았어?"

"추적할 만한 인원도 없었습니다. 내내 시체만 치우느라……."

그리고 이 무능한 수하들도 싹 바꿔치워야겠다. 트레나는 데리고 왔던 다르단의 수하들을 돌아보았다.

"수색부터 시작해."

다시 한번 프린태니어 시의 밤에 뱀파이어들이 날뛸 때였다.

제 50 화

꿈
part 6

"그리고 하나 더."

지노의 말에 노아가 한마디 덧붙였다.

"그래. 나도 알아. 수하에게 꿈에 대해서 물어보는 건 좀……, 솔직히 대낮에 미친 소리 하는 것 같다는 거 알아. 그러니까 접는다 쳐."

"접는다 치는 게 아니라 일단은 접어."

헬리는 안 그래도 복잡하고 불행하고 힘들었던 소년들의 과거로 수하를 끌어들이고 싶은 생각은 추호도 없었다. 그녀는 아직 아무것도 모른다.

"아, 그래. 그렇다고 하고. 아무튼 그렇지만 다른 쪽에 물어볼 수는 있지."

아마 노아만 그런 생각을 한 게 아닐 거다. 워낙 오래 붙어 있었던 형제들이야 척하면 척이다. 지노가 씩 웃었다.

"이미 우리를 아는 척한 뱀파이어가 있었지."

레일건 마스터. 그녀가 남아 있었다. 헬리는 빠르게 결론을 내렸다.

"일단 잡고 보자고."

꿈을 꾸기 전에는 그녀도 죽이겠다고 생각했지만, 목표는 생포로 바뀌었다.

소년들은 밀려들 공격에 대비하기 시작했다. 헬리는 도로 늑대인간 소년들이 모여 있는 식당 쪽으로 걸어갔다. 칸은 기다리고 있었다는 듯 그를 빤히 보았다.

"여기가 레일건 마스터의 안방이니 곧 우리를 찾아낼 거야."

칸은 헬리의 말에 고개를 끄덕였다. 동의하는 바였다. 리버필드 시라면 소년들이 좀 더 유리하겠지만, 여기서 그들은 이방인이다.

"그래서, 어떻게 할까?"

칸은 다시 한번 모든 소년에게 물었다.

"둘 중 하나지. 우리가 쳐들어가든가, 아니면 그들이 오든가."

카밀이 뻔한 걸 왜 묻냐는 투로 말했다.

"근데 레일건은 우리가 이미 한 번 털었잖아? 경계가 아주 삼엄할 거라고. 거길 또 가는 건 바보짓이지. 게다가 언제 레일건 마스터가 돌아올지도 모르고."

카밀의 결론에 어느새 식당 반대편 문에 기대 서 있던 이안이 고개를 끄덕이며 동의했다.

"결국 레일건 마스터가 우리에게 오길 기다리는 수밖에 없네."

부상에서 얼추 몸을 회복한 세 명의 늑대인간 소년들은 기대까지 하고 있었다. 그리고 이날만을 기다려온 시온도 씩 웃었다.

"그럼 최선을 다해 환영해줘야지."

밤에만 움직일 수 있는 뱀파이어들과는 달리 대낮에도 아무런 제약 없이 움직일 수 있는 소년들은 곧 활발하게 건물 여기저기를 오고 가기 시작했다.

어차피 습격이 있을 시간이야 뻔했다. 어둠이 깔린 저녁일 테니, 그전에 준비를 끝마쳐야 했다.

"이번에는 저쪽도 한 번 당한 게 있으니 신중하게 접근할 거야. 몇 명이나 끌고 올지 벌써부터 기대가 되는데."

하나도 기대도 안 된다는 투로 덤덤하게 말한 자카는 벽에 심어뒀던 전선을 만지는 중이었다. 저쪽에서는 이안과 수하가 불필요한 벽을 가볍게 허물었다.

"최소 백 명은 끌고 오겠지."

엔지가 대꾸했다. 으, 상상하니 몸서리가 쳐질 지경이었다.

"에이, 그건 드리프터고. 백 단위까지는 안 되지 않을까?"

지나가던 타헬이 툭 끼어들었다.

"우리를 완벽하게 파악하지도 않았지만, 폭발 한 번으로 많이 날려버리기도 했고 또 레일건도 습격했으니……."

자카는 어깨를 으쓱거렸다. 얼마나 올지는 알 수 없으니, 그저 최선을 다해 방비를 해둔 뒤 직접 마주할 수밖에.

위험한 일이었지만 언제나 이랬다. 실제로 맞닥뜨리기 전까지는 알 수 없는 적을 내내 상대해왔다.

"……조금만 왔으면 좋겠는데."

숫자는 제일 크게 '최소 백'이라고 불러놓고 엔지가 말을 흐렸다.

목숨을 건 전투가 계속되면 겪는 이들은 심신이 피폐해진다. 그걸 잘 알기에 칸과 헬리를 중심으로 모두가 서로를 적극적으로 보살피고 챙기고 신경 썼지만, 동시에 서로를 많이 걱정했다.

"좋게 생각해야지, 뭐. 마스터를 생포하면 좀 더 많은 정보를 알 수 있을 거 아니야? 그럼 너희는 동족을 구할 수 있는 거고, 우리는 조용히 리버필드 시에서 살고……."

"그거 말고 더 중요한 게 또 있잖아."

자카의 말을 끊은 엔지가 픽 웃었다.

뱀파이어 소년들이 자기들끼리 공유하고 신경 쓰는 비밀이 또 하나 있다.

마스터가 그들을 아는 척하는 걸 보면 대충 감이 오기는 하지만 비밀 없는 사람이 어디 있나.

늑대인간 소년들도 그들의 모든 걸 뱀파이어 소년들에게 말해주지는 않는다. 그저 서로의 선은 넘지 않을 뿐이었다.

"뭔지는 모르겠고 알고 싶지도 않지만 그것도 잘 해결되면 좋겠네."

머리 쓰는 방식에서는 손발이 척척 맞는 엔지를 힐끗 본 자카는 아무런 말도 하지 않고 묵묵히 작업을 지속했다. 다만 그들 사이에 흐르는 공기가 그리 불편하거나 무겁지는 않았다.

프린태니어 시는 리버필드 시보다 훨씬 빨리 어둠이 찾아왔다. 그래서 레일건 마스터가 둥지를 이곳에 틀었나 보다.

수하는 창가에 앉은 헬리가 바깥을 내다보는 모습을 보고 있었다.

'만약에 헬리가 꿈을 꿨다면 어떤 식으로 행동했을까?'

수하는 헬리의 얼굴도 쳐다보지 못할 지경이었다가 이제 간신히 좀 익숙해졌는데, 언제나 침착하고 어깨에 진 짐이 많아 보이는 헬리는…….

'그런 꿈을 꿀 리가 없겠지.'

에휴. 결국 이건 레일건 마스터를 좀 더 털어봐야 하는 일일까?

수하는 솔론을 알아봤던 레일건 마스터가 그녀는 알아볼지 궁금했다.

만약 수하도 알아본다면, 그땐 어쩔 수 없이 뱀파이어 소년들에게 그녀가 꾼 민망한 꿈을 말해야 할지도 모른다.

'어, 그건 마음의 준비가 안 됐는데!'

이리저리 시선이 헤매던 수하는 헬리를 다시 쳐다보았다.

헬리한테만 조금만 보여줄까? 아니, 헬리한테는 죽어도 못 보여줘. 안 돼. 헬리는 특히 안 돼.

"아."

그때 그가 중얼거렸다.

"왔다."

저 멀리 빽빽한 나무들 사이로 새카만 옷을 두른 뱀파이어들이 천천히 접근하고 있었다. 또다시 기나긴 밤이 시작되고 있었다.

한 번 크게 당했던 이는 그 기억에서 벗어나기 힘들다.

레일건 마스터 트레나는 정말 저 외따로 떨어진 건물에 놈들이 있는지 없는지 수십 번 확인했고, 신중하게 접근하라고 또 수십 번 말했다.

"폭탄과 불을 사용하는 놈들이다."

건물이 무너질 정도로 커다란 폭발 가까이 있다면 뱀파이어들도 상당한 타격을 입을 수밖에 없었다.

"또 비슷한 짓을 할 게 분명하니 신중하게 접근해야 해."

섣불리 전부 다 다가서지 말고 정찰을 할 몇몇이 가까이 다가가고, 각개격파하는 식으로 한두 놈씩 끌고 와야 했다.

"그냥 멀리서 우리가 다 터트린 뒤 빠져나오는 놈들을 잡는 건 어떻습니까?"

"저번에 그렇게 하려다가 오히려 당했지."

트레나가 대꾸하며 복잡한 눈으로 건물을 바라보았다. 3층 건물은 아주 넓었다.

그녀는 뱀파이어들이 말없이 주변을 확인한 뒤 기름을 두르기 시작하는 모습을 바라보았다.

당했으면 똑같이 갚아주는 게 트레나의 성격이라, 불과 폭탄에는 똑같이 불과 폭탄으로 상대할 거다.

게다가 뱀파이어 소년들이 가지고 있는 이능력에 대항하려면 별의별 짓을 해도 모자랐다. 마침 건조한 대기에 주변은 바싹 말랐고, 불을 지르기도 딱 좋았다.

"안에 있는 건 확실합니다."

정찰하고 온 뱀파이어의 보고에 트레나는 고개를 끄덕였다.

"물 샐 틈 없이 바짝 조여 막아. 아무도 빠져나오지 못하게 해."

"예."

넓게 떨어져서 불을 피우며 점점 안으로 좁혀가는 식으로 포위할 거다. 그리고 똑같이 폭발시켜주지.

트레나는 기억을 더듬어 뱀파이어 소년들이 가지고 있던 이 능력을 떠올렸다. 어떻게든 놈들을 잡아내야 했다.

안에서는 이 상황을 보고 있는 건지, 아니면 보지 못한 건지 아무런 반응이 없었다.

뱀파이어 하나가 기름통을 들고 콸콸 쏟아붓기 시작했다. 불을 붙이면 또 큰일이 날 정도로 부으려는데, 갑자기 펑 하는 소리가 났다.

“뭐야!”

“아악!”

깜짝 놀란 트레나가 그쪽을 바라보았다. 기름통을 들고 있던 뱀파이어의 전신에 불이 붙었다. 그는 비명을 지르며 허우적댔다.

“어디서 날아온 거야?”

“날아온 게 아니라 갑자기 붙었습니다!”

불을 피해 떨어진 뱀파이어 하나가 말했다.

“조심해야지, 정신 안 차려?”

트레나는 악 소리를 질렀다. 이것들이 태조님 아래에서 굴렀으면 정신머리 하나는 똑바로 박혀 있을 줄 알았는데 불을 붙일 때도 모르나!

"아아……."

비명을 지르던 뱀파이어가 결국 바닥을 굴렀다. 하지만 잘못해서 이미 쏟아놓은 기름 쪽에 가버렸고, 그 근처가 온통 불바다가 되어버렸다. 아직 기름을 다 두르기도 전에 벌어진 일이었다. 트레나는 욕을 쏟아놓고 말았다. 차라리 기름을 두르는 짓을 하지 말고 그냥 접근했어야 했나 하는 뒤늦은 후회가 들었다.

'이능력에 대항하는 게 언제나 쉬운 일은 아니었지.'

트레나는 옛 기억을 더듬으며 이를 갈았다.

건물 안에서 이 모든 광경을 지켜보고 있던 지노는 손목을 한 번 돌려보면서 이리저리 움직여보았다.

불덩어리를 날리는 게 아니라 단순히 기름통 입구의 온도를 순식간에 높이는 게 되는 거였구나. 점점 응용할 수 있는 영역이 넓어지는 중이다.

'예전에는 이러지 않았는데.'

지노는 고개를 갸우뚱거렸다. 계속해서 전투를 겪다 보니 이렇게 된 건가? 싸우면 싸울수록 전투 감각이 예민해지고 불도 더 다양하게 다룰 수 있게 되었다.

"어, 한 놈 더 붙었다."

옆에 있던 시온이 오, 하고 입술을 동그랗게 오므리며 감탄했다.

슬금슬금 접근하는 꼴이 짜증 나서 지노가 시작한 일이 조금 커졌다.

뭐, 소년들에겐 이득인 일이었다. 안 그래도 몰려드는 놈들이 생각보다는 적었지만 더 만만하지 않아 보여서 모두가 긴장하는 중이었으니까.

“와, 쟤네 가차 없네. 아예 버리는 거 봐.”

불이 붙은 놈들은 그냥 내버려 두고 가까이 가서 도와주지도 않는다. 시온은 뭐 저런 놈들이 다 있냐며 혀를 내두르다가 문득 그를 빤히 쳐다보고 있는 늑대인간 소년들과 눈이 마주쳤다.

“왜! 뭐! 우린 안 그래!”

“……아무 말도 안 했어.”

나자크가 무뚝뚝하게 대답했다.

“하지만 눈으로 말했잖아!”

돌아오는 건 씩 웃는 얼굴뿐이다.

에이 씨, 약 올라. 시온은 고개를 홱 돌리곤 투덜거렸다.

“우리가 뭐 저렇게 인정 없는 줄 아냐? 저놈들이 이상한 거지, 우린 저런 놈들을 계속 피해서 살아왔다고. 완전 다르다니까."

"그래, 그래, 알았어."

나자크는 폭발하는 짜증에 고개를 열심히 끄덕여주었다. 시온이든 지노든, 저들과 같은 식으로 엮이는 걸 진심으로 싫어하는 표정이었다.

'하지만 우린 정말 똑같은 줄 알았다고.'

드셀리스 아카데미에 갑자기 뱀파이어들이 등장해서 얼마나 긴장했는지 모른다.

잔혹하고, 인간을 그저 먹고 폐기하는 음식 정도로 생각하는 뱀파이어들이 고등학생 행세를 하다니. 너무 끔찍해서 어떻게든 제거하려고 호시탐탐 노리고 있었는데, 어쩌다 함께 싸워보니 저놈들은 생각보다 훨씬 인정 있고 나름 늑대인간들을 배려하고 구할 줄도 아는 놈들이었다.

"불 더 붙었어?"

투덜거리기도 열심히 투덜거리고, 기웃거리기도 열심히 하는 시온이 다시 목을 빼고 지노에게 물었다.

"아니. 둘로 끝이네. 그럼 더 붙여봐야지."

펑, 펑, 하고 불이 붙는 소리가 나자마자 트레나가 건물을 휙 노려보았다.

"저것들 지금 안에서 기다리는 중이야. 나올 생각이 없으니 진입해야 한다."

"예!"

"접근할 때 조심하고, 조명을 켜서 그림자가 있는 곳을 피해! 건물 곁에 붙으면 안 된다!"

불을 사용하는 붉은 머리 소년 하나가 있었지. 거기에 더해 그림자를 움직이고 조종하던 가장 막내 놈도 만만치 않다. 거기에 더해 뭐든, 마음만 먹는다면 천장에도 사람을 붙여버리고 거꾸로 매달 수 있는, 그래, 시온이라는 놈도 있었다!

빠르게 쏟아지는 트레나의 말에 뱀파이어들은 질린 얼굴을 애써 감췄다. 이것도 안 되고 저것도 안 된다니, 상대가 무척 까다로웠다.

하지만 어쩌겠는가. 상대는 보육원을 습격할 때와는 비교도 안 되게 자란 소년들이다.

당장 여기저기에서 섬광이 번쩍거렸다.

"버티는 게 목적일까요?"

"아니, 그건 아니다."

트레나는 저 어린놈들이 그녀에게 볼일이 있다는 걸 본능적으로 느꼈다. 갑작스럽게 부하들에게 붙은 불은 부하들의 실수 때문이 아니라, 저번에 숲에서 본 불덩어리와 같은 거라는 느낌이 들었다.

'그래. 불을 다루는 그놈이야. 그 붉은 머리카락.'

트레나는 옛 기억을 더듬으며 말했다.

"천천히 접근하지."

장기전으로 가는 건 안 된다.

시간이 없어, 트레나. 알고 있잖아.

귓가에 서늘한 태조의 목소리가 아직까지도 선명했다. 그 목소리는 자꾸만 그녀를 재촉했다.

감히 고개를 들 수 없을 정도로 커다란 실수를 저질렀다. 어서 만회해야 한다는 압박감이 트레나를 초조하게 만들었다. 하지만 그녀라고 빈손으로 온 건 아니다. 번쩍거리는 조명이 건물을 무섭게 비추고, 뱀파이어들은 그림자가 나타나지 않게 섬광을 계속 터트렸다.

"진입!"

뱀파이어 소년들의 저 특별한 이능력과 마주하는 건 트레나도 정말 내키지는 않았다. 그들의 능력은 특별한 수준을 이미 뛰어넘었기 때문이다.

하지만 되도록 놈들을 생포해야 했다. 그래야 저놈들을 잡아다 태조께서 실험을 하실 것 아닌가.

늑대인간들보다 훨씬 더 바르그의 피에 가까운 존재들.

반드시 생포해야 했다.

제 51 화

꿈
part 7

반드시 해내야 하는 임무는 솔직히 너무나 크고, 트레나에겐 막연한 불안감과 냉정한 자신감이 이상하게 혼재했다.

그녀는 몹시 혼란스러운 가운데 어떻게든 스스로를 다잡으려고 애쓰고 있었다. 다르단 님, 고귀하신 태조를 생각하자고 계속 중얼거리는 건 결국 뱀파이어 소년들의 이능력이 너무 신경 쓰이기 때문이다.

"시야에 걸리는 놈은 없나?"

"예. 아직 없습니다."

있으면 있는 대로, 없으면 없는 대로 짜증나고 성가시다. 트레나는 그저 이번에 그녀가 겪어본 소년들이 '아직은' 제 능력을 다 사용하고 있지 못하다는 걸 상기했다.

'그래, 아직까지는 완전히 각성하지 못했어. 아직 미숙해. 그

러니 각성하기 전에 잡는 거야.'

그리고 반드시 그래야만 했다. 한 번 더 마음을 다진 그녀는 정면을 바라보다가 결국 입을 열었다.

"그럼 됐어. 저놈들도 여기서 더 이상 물러날 수가 없는 거야. 새파랗게 어린 것들에게 당하기만 할 수는 없지."

트레나에게는 저놈들을 아주 오래전에 상대해봤던 경험이 있었다. 그녀라고 그사이에 시간을 소홀히 보낸 건 아니었다.

그녀의 지시에 따라 뱀파이어들은 아주 신중하고 느릿하게 건물로 가까이 다가가기 시작했다. 그사이 마침내 해가 완전히 자취를 감추고, 이 주변은 어둠 속에 잠겨 들었다.

뱀파이어들의 움직임은 대단히 빠르고, 또 군더더기가 없었다. 군대처럼 움직이는 그들의 기세는 그저 묵직하고 살벌하기만 했다.

"늑대인간들에게는 이능력이 없다."

그녀가 끌고 온 정예 뱀파이어는 칠십이 넘었다. 이 정도면 태조께서 최대한 지원해주신 것이다. 그리고 저 정예들은 자신들이 어떤 적을 상대하는지 이미 알고 있었다.

한편, 까맣게 밀려드는 뱀파이어들을 수하가 위에서 바라보니 무서울 정도였다. 척척 조를 짜서 빠르게 갈라지고, 날렵하게 움직이는 이들은 보통이 아니었다.

'사람 죽이는 걸 제대로 훈련받은 게 분명해.'

소름이 오싹 끼쳤지만, 이미 각오하고 있던 일과 다시 맞닥뜨린 것뿐이다.

수하는 입술을 말며 긴장감을 내리누르려 애썼다. 그녀는 저도 모르게 곁에 있던 헬리를 돌아보았다. 그는 놀랍게도 웃고 있었다. 이런 일은 하도 겪어서 괜찮은 걸까?

"무서워?"

수하와 눈이 마주친 그가 이 긴박한 상황에서도 가까이 다가왔다.

"저 뱀파이어들 보통이 아닌 거 같아. 여태까지 상대했던 뱀파이어들이랑 전혀 달라."

"우리가 상대했던 건 뒷골목 범죄자들이고, 이쪽은 군대에 가깝지."

괜찮을까? 아무리 싸움에 익숙하고 제 한 몸 지키는 건 너끈하다 해도, 그건 평범한 일상에 가까운 일이었다. 저렇게 본격적인 군대는 상대해본 적이 없었다. 막연히 생각만 하고 각오한 것과 직접 눈으로 보는 건 천지 차이다.

"하지만 괜찮아."

"괜찮아?"

"응, 괜찮아."

굳어버린 수하의 표정을 한 번 더 본 헬리가 픽 웃었다.

"저쪽도 불안해하고 있어."

수하는 눈을 동그랗게 떴다.

"여기에서도 생각이 읽혀?"

"다 읽히는 건 아니고 약간."

그냥 단편적인 것만 읽히기 시작했다. 거리가 상당한 데도 생각이 읽히다니, 그가 품고 있는 능력이 이쯤이면 계속 더 성장하고 있다 해도 과언이 아니었다.

"그리고 입 모양이 더 많이 보이고, 표정이 급한 건 눈으로도 보여."

그는 검을 창가에 기대 세워놓은 채 중얼거렸다.

"그런데 저 레일건 마스터는 생각도 좀 시끄럽네."

생각이 너무 시끄러워서 여기까지 단편적으로나마 들린다.

언제부터 이렇게까지 넓은 범위에 능력이 적용되었나? 하지만 헬리는 고개를 가로저었다. 지금은 이런 생각을 할 때가 아니다.

시온, 레일건 마스터는 우리의 이능력에 대해 잘 알고 있는 모양이야.

그 말을 들은 시온은 불안해하기는커녕 오히려 눈을 빛내며 벽을 슬금슬금 걸어 올라갔다. 어디든 중력을 무시하고 달라붙을 수 있는 그는 이 상황을 즐기는 것처럼 보였다.

우와, 드디어 우리에 대해 잘 아는 사람이 나타났네? 그럼 꼭 붙잡아야지.

재미있어하는 목소리가 들리고 나서 얼마 지나지 않아 지나치게 건물 가까이 슬금슬금 진입한 뱀파이어들 몇몇이 마치 못이 자석에 끌려가듯 벽에 딱 들러붙었다. 하지만 시온처럼 가볍게 발바닥이 붙은 게 아니라, 쥐가 끈끈한 쥐덫에 걸린 모양새처럼 사지를 감당하지 못했다.

셋 잡았어.

순간이 모든 걸 결정한다. 걸렸구나, 싶었을 때 어둠 속에서 눈을 노랗게 빛내고 있던 늑대인간 소년들이 손을 뻗는다. 곧장 와드득, 하고 뼈가 부러지는 소리가 났다.

"물러나!"

동료들이 당했다는 걸 깨닫자마자 뱀파이어들은 재빨리 벽에서 멀어졌다. 그들은 일단 내버려두고 마한은 덤덤한 눈으로 손을 털었다. 이쯤이야 늑대로 변하지 않고서도 해치울 수 있었다.

"이거 꽤 괜찮은데."

인정하기 싫지만 시온과의 합이 상당히 좋았다. 도대체 어떻게 하면 사람을 벽이든 바닥이든 어디든 시온이 손을 대는 곳에 붙여버릴 수 있는지 아직까지도 이해할 수 없었지만, 효율만큼은 뛰어났다.

뱀파이어들을 붙이면, 무력해진 놈들의 목을 늑대인간 소년들이 비틀어버리면 끝이었다.

"다 붙일 수 있어?"

마한의 질문에 시온은 미묘한 얼굴로 고개를 흔들었다.

"셋까지는 어떻게 해보겠는데 넷은 좀……."

여전히 능력에 한계가 있다. 벽과 마주하고, 그 벽에 온몸을 던져 부딪쳐 깬 뒤 달려가다 새 벽을 또 만나는 식이다.

"됐어, 한꺼번에 셋이 어디야. 그것만으로도 엄청난 거야."

기를 쓰고 한 놈을 겨우 제압하던 어린 시절을 떠올리며 마한은 시온의 어깨를 툭 쳤다. 많은 걸 바라지 않는 그의 성격에 한 번에 셋이라면 그것만으로도 차고 넘쳤다.

"네 덕에 벽에 딱 달라붙어 있으니까 너무 쉽잖아."

"……너한테 그런 말을 들을 줄은 몰랐네."

'네 덕'이라니. 시온은 마한에게 어색하게 말하며 마한 뒤에서 있는 카밀도 슬쩍 보았다. 하지만 카밀도 그 말에 딱히 반박할 생각은 없다는 듯 별말을 하지 않았다.

"나도 너한테 그런 소리 할 줄은 몰랐어."

마한은 그렇게 말한 뒤 어서 이동하자며 손짓했다. 이런 식이라면 이 주변에 새카맣게 몰린 뱀파이어들이야 아무것도 아니었다. 물론 절대로 이렇게 쉽게 계속 이어질 리가 없다는 건 모두가 다 알았다.

헬리 형, 여긴 셋으로 일단 끝이야.

긴장감이 고조되는 사이 이미 피를 봤다. 또다시 아드레날린이 넘쳐나고, 절박하게 목숨 걸고 싸워야 하는 밤이었다. 밀려드는 숫자만 봐도 결국 개싸움으로 끝날 게 뻔했다. 하지만 그렇게 된다면 소년들도 피해가 크고, 체력소모가 어마어마할 거다. 칸과 헬리가 걱정하는 게 바로 그 지점이었다.

'눈치챌 때가 됐는데.'

헬리는 저번 리버필드 시 습격 때와 마찬가지로 숫자가 만만치 않아 보이는 뱀파이어들을 보며 눈을 가느스름하게 떴다.

제일 큰 문제는 그때와는 달리, 저들은 드리프터들보다 훨씬 강해 보이는 뱀파이어라는 거였다.

저걸 어떻게 상대해야 하나 싶을 정도로 제대로 교육받고 실전에 여러 번 투입된 게 분명해 보이는 뱀파이어들은, 시온의 능력을 보자 벽을 깨버리고 그 파편을 이쪽에 날려 이능력을 쓸 면적을 줄여버리는 식으로 대응했다.

물론 이쪽에는 예전 리버필드 시 습격 때 빠졌던 늑대인간 소년 셋이 더 있다.

"진입해."

밀고 들어오는 힘이 무지막지하다. 필요하다면 이 건물도 밀어버리겠다는 기세였다.

그사이 불이 꺼졌던 1층에는 낮은 불이 들어왔다. 마치 뱀파이어들을 유혹하듯, 바람에 일렁이고 있었다.

트레나는 불현듯 저게 뭐 때문인지 알아차렸다.

"1층에 조명부터 투입한다. 그림자 자체가 없게 조명을 더 끌고 들어가고, 조명탄도 발사해."

"그림자 말입니까? 알겠습니다."

"그림자를, 아니, 어둠 그 자체가 힘인 놈이 있어. 붙잡히면 짜증스럽지."

트레나는 얼마 전에 부딪쳤던 그림자를 쓰던 뱀파이어 소년을 떠올렸다. 무리 중의 막내. 자존심도 강하고 그만큼 능력도 강해서 뱀파이어들의 시간인 밤마저 그의 영역이었다.

하지만 부딪쳐본 바로는 그 정도까지는 각성하지 못한 듯했다.

당장 안쪽으로 조명탄이 퍼부어지고, 아예 대낮처럼 주변을 밝힐 섬광이 터졌다. 지시사항이 잘 전달되었는지 확인할 필요도 없었다. 태조께서 주신 놈들이니 알아서 잘했다.

태조 다르단의 피를 마셔 몸을 회복한 트레나는 뒤늦게 '그 피를 차라리 수혈받았다면'이라는 생각을 했다. 아깝고도 아까운 피였다.

하지만 이미 그의 피를 수혈받아 여기까지 왔던 트레나는 고개를 저었다. 피에 대한 집착이야 뱀파이어의 본능이고, 이

제 와서 생각해봤자 소용없다.

"나도 진입한다."

태조가 보내준 뱀파이어들의 특징은 이런 때 나온다. 그녀가 직접 키운 부하들이라면 당장 뜯어말렸겠지만, 이들은 그러거나 말거나 절대복종만 했다. 그 누구도 그녀를 막지 않았기에 트레나는 가볍게 몸을 놀렸다.

1층을 밝게 만들어 그림자나 어둠을 전혀 쓸 수 없게 무력화한 뒤 막내 놈부터 붙잡고, 그다음에 튀어나오는 놈이 누구든 트레나가 그때그때 대처해야 했다. 지금 뱀파이어 소년들에 대해 정확한 정보가 있는 건 그녀뿐이니까.

"어어, 접근이 너무 빠른데? 신중함 어디 갔어, 신중함."

뭐든 신중해야지. 중얼거리며 지노가 그녀의 앞에 당장 불이 치솟게 했다. 당장 트레나가 훽 뛰면서 뒤로 물러났다.

확실히 몸이 가벼워졌다. 폭발 여파로 많이 다쳤을 텐데 완전히 회복한 걸까?

부상을 입은 채로 상대했다면 소년들에게 훨씬 유리했을 거다. 그게 아깝긴 하지만, 지금 지노는 자신이 불을 움직이는 능력 자체가 상당히 늘었다는 것에 만족했기에 그냥 넘어가기로 했다. 게다가 이미 회복한 걸 아쉬워해봤자 무슨 소용인가.

더더욱 경계해야 할 뿐이다.

"뒤쪽에서는 망설이지 않고 진입하고 있어. 우리도 움직이자."

나자크가 중얼거리며 계단을 훽 뛰어 내려갔다. 동시에 2층 창문이 챙강챙강 깨지는 소리가 났다. 뭔가가 툭 던져지더니 쉬익, 하고 연기가 피어오른다. 뱀파이어들이 진입하려는 것이다.

"저 연기 마시지 마!"

자카가 보자마자 날카롭게 소리를 질렀다. 당장 늑대인간 소녀들이 입을 틀어막고 물러났다. 누가 봐도 늑대인간들의 힘을 쭉 빼놓던 향초와 같은 기능을 하는 연기인 게 분명했다.

"물러나!"

물론 이쪽에서도 가만히 있지는 않았다. 자카가 성질을 내면서 빠르게 움직여 순식간에 연막탄을 도로 걷어내 바깥으로 던졌다. 화르륵, 지노가 피워낸 불들이 춤을 추기 시작했다.

그들은 그럼에도 불구하고 굳은 표정으로 아래를 내려다보았다. 뱀파이어들이 동원하고 있는 무기는 특수부대급이다. 언뜻 총까지 보였다. 늑대인간들을 잡기 위해 모든 방비를 다 마치고 온 거겠지.

"저 미친놈들."

1층에서 대기하고 있던 이안은 쨍하니 터지는 조명탄과 가까이 다가오는 커다란 조명에 이를 갈았다. 노아는 입술을 깨물며 자신이 부릴 수 있는 그림자가 자꾸만 적어지는 상황에 이리저리 눈동자를 굴렸다.

망할, 가까이 있는 그림자가 거의 없었다. 점점 작아지는 노아 자신의 그림자뿐이다. 다가오는 조명들이 너무 밝아 섬뜩하게 느껴지기까지 했다. 저 빛 뒤에는 냉혹하고 차가운 뱀파이어 군대가 있겠지.

하지만 가만히 있을 수 없다. 가만히 있자고 여기 온 게 아니다. 그들은 1층에서 그들이 할 수 있는 모든 일을 다 해야 했다.

1층에 이미 진입했어. 이놈들 지금 조명을 엄청나게 쓰고 있어. 전기를 어디서 끌어온 건지 모르겠네.

이안은 헬리에게 말을 전하며 몸을 날렸다. 여기에는 이안과 노아만 있는 게 아니었다. 오래도록 합을 맞춰 온 뱀파이어 소년들은 위기상황에서 즉시 서로를 위해 움직일 줄 알았다.

"뭐야, 너, 쫄았냐?"

아, 저 형 저럴 줄 알았어. 툭 튀어나와 천진한 얼굴로 노아의 속을 긁고 간 시온은 당장 조명을 방패처럼 든 뱀파이어 셋을 그 자리에 고정시켜버렸다.

이안이 튀어 나가 고정된 한 놈을 처리했다. 우당탕 소리가 나면서 조명이 떨어지고 깨졌다. 튀어 나가 바로 붙기 시작한 건 이안뿐만이 아니었다. 시온과 함께 움직이던 마한 역시 날렵하게 뛰어올라 뱀파이어들과 맞붙었다. 발바닥이 바닥에 딱 달라붙어 옴짝달싹 못 하는 뱀파이어는 급기야 총을 꺼냈다.

총은 인간 대 인간의 무기이기도 하지만, 짐승을 사냥하는 데 사용하기도 한다. 여태까지 뱀파이어에게 짐승 취급을 받았던 늑대인간 소년들의 눈이 더 매서워졌다.

방아쇠가 당겨지기 직전, 콰직, 하고 뭔가가 부러지는 소리가 났다.

"으, 아아……!"

뒤이어 내질러지던 비명조차 중간에 뚝 끊겼다. 총이 맥없이 바닥에 뚝 떨어졌다. 감히 총부리를 들이댄 손목부터 꺾은 카밀은 표정 없이 목을 꺾어버린 뱀파이어의 시신을 다른 뱀파이어에게 밀쳐냈다.

손에 잡히는 모든 게 다 무기다. 뜨겁게 달아오른 조명 위에 묵직한 시신이 얹히자 치이익, 하는 소리와 함께 타는 냄새가 나기 시작했다.

한 번만 흩어놓으면 된다. 빡빡하게 밀어 넣어지던 빛들 중 하나가 뚫리고 크게 휘청이면, 그 틈 사이로 밤이 고개를 내민다. 노아는 그 작은 틈도 얼마든지 가지고 놀 수 있었다. 순식간에 그림자가 높이 솟아 춤을 추기 시작했다.

챙강, 챙강, 조명이 깨지는 순간, 듣기 싫은 총소리가 울렸다.

탕!

위층에 있던 수하가 흠칫 놀라 몸을 굳혔다.

"저게 무슨 소리야?"

헬리가 검을 집어 들었다.

"총소리."

미리 의논했던 대로 결국 총이 등장했다. 늑대인간들을 잡을 때 무기를 가리지 않는다는 뱀파이어들이 작정하고 온 것이다.

"자카가 움직이고 있어."

이런 때는 탄환만큼, 아니, 그것보다 훨씬 더 빠르게 움직일 수 있는 자카가 바빠진다. 그리고 그만큼 소년들은 종족을 떠나 분노했다.

"누가 다쳤대?"

스르릉, 검을 뽑아 든 헬리는 고개를 저었다.

"아직."

하지만 이 밤은 이제 시작이었고, 아침이 왔을 때 모두가 어떤 상태일지는 아무도 모를 일이다. 그저 현실에 충실할 뿐.

"가자."

그가 손을 내밀었다.

제 52 화

꿈
part 8

조명이 무참히 흔들렸고, 그 사이에 생긴 그림자를 노아가 휘둘렀다. 소년들의 그림자가 뱀파이어들을 공격하기 시작했다.

"오, 괜찮은데?"

타닥, 달려 들어온 루슬란이 순수하게 감탄하자 집중하고 있던 노아가 괜히 머쓱해 했다.

"요즘 본 게 너희가 싸울 때 움직이는 거라서, 좀 해봤어."

"근데 우리는 일단 목부터 뜯어."

"목?"

노아는 눈을 깜빡거리다가 그림자를 움직였다. 새카맣게 일어난 그림자가 뱀파이어에게 입을 쩍 벌리고 달려들었다. 목표는 목이었다. 으직, 하고 뭔가 부서지고 으깨지는 소리가 희미하게 들렸다.

"이렇게?"

"그렇지."

루슬란은 고개를 끄덕이다가 혼자만 알 정도로 약하게 웃었다. 동족을 잡아다 사람 취급도 안 하고 마구잡이로 죽이는 뱀파이어들과 외국에서 싸우는 상황에 뱀파이어 소년과 웃고 있다니. 루슬란이 생각해도 말이 안 되기는 했지만 지금 실제로 벌어지고 있는 일이었다.

불이 화르륵 일어나고, 뱀파이어들 몇몇이 벽에 들러붙어 버둥댔다. 그림자가 그들을 학살하고, 실제로 늑대인간들이 달려들었다. 이미 아비규환이었다.

하지만 그렇다 해서 상황이 소년들에게 유리한 게 결코 아니었다.

"피해!"

탕탕!

총구가 그들을 향했다. 조명이 하나 흔들려 깨지면 곧장 뒤이어 대체할 다른 조명이 밀고 들어온다. 정예 뱀파이어들의 진영에 빈틈은 없었고, 생긴다 해도 곧장 메워졌다.

"보통이 아니야."

여태까지 상대했던 드리프터와는 비교도 안 될 정도로 강한 놈들이다. 쏟아붓는 무기의 차원부터가 달랐다.

노아와 함께 서로를 붙잡고 일단 피한 루슬란이 이를 갈았다. 소름 돋은 뒷덜미가 서늘하다. 그는 총이 너무 싫었다. 싫지만 싸워야 한다. 싸워서 이겨내야 한다. 시퍼렇게 질린 얼굴로도 수십 번을 싸워 여기까지 왔다.

흙터가 가득한 손을 뻗어 다가오는 뱀파이어의 다리를 움켜쥐고 악착같이 잡아당겼다. 루슬란 위로 새카만 그림자가 쏟아져 내렸다.

☾

2층 역시 가끔 고함소리가 들리고, 총소리가 들렸다.

"아, 이 정신 나간 놈들."

가만히 보고 있던 지노의 입에서 저절로 욕이 튀어나왔다. 드리프터들은 정말 아무것도 아니었던 셈이다.

총까지 들고 무장한 뱀파이어들은 이능력이 아니라면 상대하기가 무척 힘들었다. 아니, 이능력을 가지고도 상대하기가 버거웠다. 드리프터와 비교할 수 없는 근력을 가진 단단한 신체를 앞세운 뱀파이어들은 웬만한 이능력을 보고도 눈 하나 깜짝하지 않았다.

저놈들도 아주 조금씩은 이능력을 가지고 있는 것 같아.

헬리의 말에 지노가 인상을 썼다.

뭐?

단지 우리에 비해 훨씬 약하고 지속시간도 짧아. 무시해도 될 정도 같긴 한데 지금 상황에선…….

흐려지는 헬리의 말을 지노가 받았다.

뭐든 다 조심해야지.

한마디로 여태까지 상대해온 놈들과는 차원이 다르다, 이거지. 그거야 맞닥뜨리자마자 본능적으로 느끼고 있다고. 별로 새롭지도 않다. 하하. 지노는 신경질적으로 웃는 자카와 눈이 마주쳤다. 자카뿐인가. 늑대인간 소년들은 죄다 어마어마하게 분노하고 있었다.

"조심해. 드리프터들 중에도 가끔 이능력을 쓰는 놈들이 있지만 장난 수준이잖아? 근데 이놈들은……, 제법 무시할 정도는 아닌가 봐."

"알아. 고마워."

칸이 최대한 뒤로 빼놓으려 했지만, 이번에는 어쩔 수 없이 싸움에 끼게 둘 수밖에 없었던 타헬이 고개를 끄덕였다.

"알아?"

안다고? 지노와 자카가 싸우다 말고 동시에 타헬을 돌아보았다. 어떻게 아는데?

"자주는 아니지만, 저런 놈들을 봤어. 너희는 설마 처음 보는 거야?"

어떻게 늑대인간들보다 뱀파이어에 대해 더 모를 수 있는지, 이 와중에도 타헬은 새삼스럽게 또 신기해했다.

"아니, 그건 아니야."

그 와중에도 잠시 눈에 보이지도 않을 정도로 움직여서 날아드는 탄환까지 다 잡아다 우르르 바닥에 쏟아버린 자카가 대답한 뒤 또 사라졌다.

"봤는데 왜 몰라?"

타헬은 더 이상하다는 표정으로 물었다.

"너보다 어릴 때 봐서 기억이 희미해."

이번엔 탄환 대신 뱀파이어 하나를 휙 끌고 왔다. 자카의 너무나 빠른 속도에 잠시 눈앞이 핑그르르 돌아 어지러움을 느낀 뱀파이어는 헛구역질을 하려고 했다. 하지만 그전에 오만상을 찌푸린 타헬이 놈의 목을 꺾었다.

"으윽. 토하려고 했어."

끔찍한 걸 볼 뻔했네. 질색을 한 선샤인 시티 스쿨 막내를 참 신기하다는 듯 본 지노는 고개를 흔들며 타헬의 뒤를 총으로 겨누는 뱀파이어를 향해 손을 뻗었다.

"어? 악!"

치익, 하고 타는 냄새가 여기에서도 난다. 순식간에 갑자기 달아오른 총의 온도를 이기지 못하고 뱀파이어가 총을 떨어트렸다. 타헬이 곧장 놈에게 달려들어 그를 바닥에 때려눕히면, 지노가 숨을 끊었다. 말을 할 정도의 여유가 아직까지 있다는 게 다행일까. 하지만 이 여유도 곧 끝난다.

"계단부터 막아!"

소년들은 한 군데 뭉치지도, 그렇다고 지나치게 흩어지지도 않았다. 자카를 비롯해 빠르게 이동이 가능한 소년들은 여러

층을 오고 가면서 싸웠고, 덕분에 어느 한 층이 쉽게 무너지지 않고 간신히 균형을 유지했다.

그러니 일단 서로 돕는 걸 차단하려면, 침입한 뱀파이어들 입장에서는 이동 경로부터 막아야 했다.

"어딜!"

내가 그러라고 2층을 다 때려 부순 줄 아나! 이안이 당장 1층에서 2층으로 올라오는 계단으로 뛰어올랐다. 그의 폭발적인 힘 앞에서는 중장비마저 무용지물이다.

자카가 발사된 탄환이 목표물에 명중하기 전에 탄환을 수거하고, 지노가 총을 아예 들지도 못하게 온도조절을 하는 편이라면 이안은 그냥 총을 우그러뜨렸다. 그다음에 튀어나오는 뱀파이어의 이빨마저도 하관을 통째로 붙잡고 부숴버리면 그만이다.

"저놈한테 가까이 가지 마!"

이안의 행동반경 안에 들어가서 붙잡히면 그걸로 끝이다. 뼈까지 부수는 완력에 적들은 치를 떨다 못해 공포를 느꼈다.

사실 꽤 오래 살고, 드리프터들과는 비교가 안 될 정도로 강한 뱀파이어라 해도 지금은 알고 있던 상식이 파괴되는 느낌을 외면할 수 없었다. 압도적이고, 말로 설명할 수도 없고, 존재해서는 안 되는 힘이 눈앞에 있다. 더러는 혐오감과 공포감을 느꼈고, 더러는 힘에 대한 욕망을 느꼈다.

"으악!"

오늘 열심히 부숴놓은 벽의 잔해, 바꿔 말해 시멘트와 벽돌 덩어리를 잔뜩 쌓아놓은 곳에 뱀파이어들은 쓰레기처럼 던져졌다. 기둥만 남기고 벽을 부숴서 널찍하게 터놓은 2층은 괜찮은 싸움터였다.

덕분에 소년들은 서로를 어느 정도 눈으로 확인하며 싸우고, 때때로 서로 돕는 게 수월했다. 하지만 그렇다고 해서 이쪽이 압도적으로 우세한 게 아니었다.

이러다 지치겠어.

자카가 가장 먼저 빠르게 알아차리고 헬리에게 말을 건넸다.

드리프터들을 상대할 때보다 힘이 훨씬 많이 들어가는데 숫자가 너무 많아. 아무래도 안 되겠어.

레일건 마스터는?

1층에 이미 진입했어.

2층을 대충 정리하면서 내려갈게.

곧바로 3층에서 2층으로 내려가는 계단에서 뱀파이어들이 굴러 내려왔다. 묵직한 타격감과 빠른 속도, 거침없이 질주하는 힘 그 자체.

"조심해라."

그 와중에도 막내 타헬이 어떻게 하고 있는지 들여다보는 건 잊지 않은 칸이 동선에 걸리는 뱀파이어들을 쓸어내면서 1층으로 내려갔다.

"난 괜찮아!"

괜찮다고! 잘하고 있단 말이야! 타헬이 그의 등에 대고 바락바락 소리를 질러댔지만 이미 칸은 2층을 가로지르면서 1층으로 향하는 계단 앞을 지나고 있었다.

"큭!"

하지만 그도 수월하게 내려가지는 못했다. 여기저기에서 늑대인간들의 힘을 빼놓는 향을 담은 연막이 펑펑 터지고 있었고, 이렇게 되면 뱀파이어 소년들이 더 많이 움직여야 했다.

일곱 명의 공백을 나머지 일곱 명이 완벽하게 메울 수는 없다. 그렇게 빈틈이 생기는 순간 뱀파이어들은 절대 놓치지 않고 바로 파고든다.

쾅!

드리프터들과 충돌할 때와는 비교도 안 될 정도로 커다란 굉음이 여기저기에서 들렸다. 나자크는 부딪쳐오는 충격에 이를 악물었다. 확실히 힘들다. 전력을 다해 싸워도 끝이 없는 적들이 계속 진입하고 있었다.

더구나 저쪽은 한 개 조가 손발이 척척 맞았지만, 이쪽은 여태 으르렁거리며 나이트볼로 라이벌이었던 뱀파이어 소년들과 합을 억지로 맞춰야 했다.

'그래도 할 수 있어!'

힘이 들지만 리더인 칸이나, 나이트볼 라이벌이었던 이안을 상대할 때만큼 버겁지는 않았다. 다만 힘이 많이 들어갈 뿐이다. 초반부터 밀리면 안 되는데.

"힘 빼."

"뭐?"

뒤에서 들려오는 목소리에 나자크는 '그게 말이 되냐'고 묻고 싶었으나 그럴 힘도 없어서 짧게 되물었다.

"힘 빼라고. 귀 다쳤냐?"

으드득, 으득, 으드드득, 그리 유쾌하지 않은 소리가 발을 타고 스멀스멀 기어오르기 시작했다.

"끅, 끄윽……!"

발목부터 그림자에 감겨 다리가 전부 부서진 뱀파이어가 쓰러졌다. 나자크는 말을 얄밉게 하는 노아를 쳐다보았다.

"초반부터 너무 힘 빼지 마. 내가 받쳐줄 테니까."

"말이나 좀 예쁘게 해라."

"이 정도면 충분히 예쁘게 하는 거야."

하여튼 뱀파이어들 싸가지 하곤. 고개를 흔들었지만 노아를 노려보지는 않은 나자크는 질주하는 그림자를 따라 달려나갔다. 뒤에서 노아가 외쳤다.

"조명만 적당히 치워줘!"

"알았어!"

밀린다는 건 알고 있다. 하지만 그렇다 해서 포기하지는 않을 거다. 늑대인간 소년들에게는 생존문제가 너무나 절실했고, 뱀파이어 소년들에게는…….

"뱀파이어는 생포해!"

노아는 시온을 쳐다보았다. 시온 역시 같은 눈으로 노아를 쳐다보고 있었다.

지금 이 새끼들 어디서 많이 본 것 같다는 생각, 나만 하는 거 아니지?

시온의 질문에 어디엔가 있을 헬리가 대답했다.

네가 그 말 제일 마지막으로 했어.

아, 내가 마지막이야? 그럼 맞네.

아무래도 그런 것 같아.

이놈들 내가 다 죽여버린다.

시온은 살벌하게 이를 갈며 바닥에 손을 댔다. 당장 나자크를 피하던 뱀파이어 셋이 바닥에 당겨지며 쓰러졌다. 드리프터보다 훨씬 버겁고, 몸 안 깊숙한 곳에서 잊고 있던 오싹오싹한 느낌을 일깨우는 이놈들을 예전에 마주친 적이 있다. 그건 과거 기억이 희미한 뱀파이어 소년들이 머리로 기억하는 게 아니라 몸으로 기억하는 공포였다.

'얘들아, 뛰어!'

'뒤돌아보지 말고 뛰어!'

보육원 선생님들이 외치는 소리는 결국 뚝 끊어졌다. 비명조차 들리지 않는다는 게 더 끔찍했지. 그때 보육원에 나타난 뱀파이어들이 바로 이놈들이다. 알 수 있었다.

다 죽이면 안 되지. 좀 살려둬 봐.

아, 형은 지금 그런 여유가 있어? 난 없어!

시온이 짜증을 내며 뱀파이어들을 쓰러트리고, 그들이 쏘려고 하는 총을 벽에 붙여버렸다. 그러곤 날렵하게 뛰어올라 총을 낚아챈 뒤 개머리판으로 뱀파이어를 내리쳤다. 빽, 하는 소리가 요란하다.

빈틈이 있고, 합이 굳이 맞지 않는다 해도 상관없다. 쥐어짤 수 있는 모든 힘을 다 동원해서 이기고 살아남을 것이다. 능력을 사용하지 못한다면 온몸으로, 주먹이 부서지면 이로 물어뜯어서라도 이길 거다.

시온의 눈에는 복수심이 가득했다. 모든 뱀파이어 소년들이 그랬다. 그들은 그래서 물러날 수 없었다.

"연막탄 더 퍼부어!"

"몰아붙여, 후방에서 8조 대기!"

쾅, 쾅, 부딪치고 폭발하는 소리가 요란하다. 바깥에서는 엔지가 던진 은침폭탄이 터지고 있었다. 이러니 총을 들고 들어오지.

탕! 탕!

때론 지나치게 선명한 총소리가 귀에 들어올 때가 있다. 아, 이건 확실하다. 틀림없다. 불길한 확신을 주는 소리가 귀에 반드시 꽂힌다. 시온은 뒤를 돌아보았다.

"노아야!"

비틀거리는 노아의 앞을 거대한 남자가 막았다. 조명에 밝게 빛나는 베이지색 머리카락이 흔들린다.

"나자크!"

이 미친놈아, 피해! 시온이 악을 썼다.

탕!

급기야 선명하게 피가 튀었다. 눈으로 보고, 그보다 훨씬 더 빨리 후각으로 피 냄새를 맡은 시온의 눈앞에 총을 든 트레나가 들어왔다. 그녀의 눈은 벌레를 보듯 그들을 내리깔아보고 있었다.

제 53 화

꿈
part 9

건물 바깥에는 마늘 냄새가 매캐하게 났다. 물론 정예 뱀파이어 부대는 드리프터만큼 마늘에 치명적으로 약하지는 않았다. 하지만 방해가 되는 건 사실이다.

거기다 트레나의 수하들에게 치명타였던 은침 폭탄까지 터졌다. 폭발하면서 사방으로 퍼지는 은침에 뱀파이어들이 애를 먹고 있었다.

"저것들, 무슨 방탄조끼라도 입었나 봐."

엔지가 창가에서 바깥을 보며 미간을 좁혔다. 솔론이 뱀파이어 하나의 얼굴을 앞발로 후려치다 말고 물었다.

"잘 안 먹혀?"

"응. 저번만큼은 아니야. 특수장비를 두르고 왔다 했더니 저 옷도 보통 옷이 아니야. 무슨 특수부대 옷 같잖아."

엔지는 영 마음에 안 든다는 듯 툴툴거렸다.

"하긴 한 번 당했는데 또 당하면 바보들이긴 하지."

뱀파이어들이 바보들일 리가 없었다. 그랬으면 엔지의 일족도 그렇게 쉽게 뱀파이어들에게 당하지 않았을 테니까. 그는 몹시 울적해했다.

"이 폭탄 진짜 비싼 건데."

"우리 헬리 형한테 나중에 청구해."

"그냥 그렇다는 거지 우리가 돈이 없다는 건 아니야."

"그래, 알아."

걘 영 싱거워. 엔지는 무심하게 대꾸하는 솔론을 한 번 보며 고개를 갸우뚱했다. 물론 이미 그의 발아래에는 은침이 얼굴에 빼곡하게 박힌 뱀파이어가 쓰러져 있었다. 뭐, 무슨 생각을 하는지 모르겠지만 의외로 솔론과 같이 싸우는 건 꽤 편했다.

'같은 늑대라서 그러나……?'

생각을 하던 엔지는 흠칫 놀랐다. 같은 늑대라니, 뱀파이어 냄새를 풍기는 늑대가 어디 있어? 아니, 그래도 늑대는 맞잖아. 맞긴 맞는데……, 가까운 느낌도 확실히 드는데…….

"뭐 하냐?"

"은침 회수하잖아. 이거 뿌리면서 내려가려고."

"너 참 알뜰하다."

솔론은 그렇게 말하면서 은침을 함께 주워주었다.

"만지면 안 아파?"

"안 아프니까 줍고 있지."

"너희랑 저놈들이랑 다른 게 뭘까?"

솔론의 오드아이가 무슨 소리냐는 듯 엔지를 휙 쳐다보았다.

"말 그대로 다른 게 뭐냐고. 차이점이 뭐길래 이런 일들이 일어난 걸까?"

"넌 이 와중에 그런 게 궁금하냐?"

"궁금하지."

솔론은 줍고 있던 은침을 엔지에게 넘기는 대신 뒤로 휙 돌며 뿌렸다.

"크악!"

슬슬 접근하고 있던 뱀파이어들이 비명을 지르며 총을 쐈다. 하지만 얼굴에 은침을 맞은 지라 총은 엉뚱한 바닥만 푹푹 패이게 만들었다.

솔론과 엔지는 곧바로 도약해서 뱀파이어들에게 달려들었다. 조명에 길게 비친 그림자가 순식간에 늑대로 바뀌어 뱀파이어들의 목덜미를 물어뜯었다. 아드득, 아드득, 뼈가 갈리고 근육이 터지는 소리가 나는 이곳이 바로 지옥인지도 모른다.

'……헬리 형에게서 말이 없어.'

솔론은 턱을 닦으며 다음 적을 상대했다. 말이 없다는 건 그럴 틈이 없다는 얘기겠지. 그래서 상황이 좋지 않다는 뜻이기도 하고.

"엔지, 얼른 해결하고 우리도 내려가자."

"지금 그러고 있잖아!"

"까먹고 있을까 봐."

"너 좀 짜증 난다."

뭘 새삼스럽게. 솔론은 눈 하나 깜짝하지 않고 다음 뱀파이어를 후려쳤다. 엄청난 근육이 움직이면서 강한 힘을 실어 날린 팔은 쇠몽둥이나 다름없다.

하지만 그대로 벽에 처박힌 뱀파이어도 만만치 않았다. 드리프터였다면 벌써 짜부라졌겠지만, 그가 상대하는 뱀파이어는 벽에 부딪치자마자 몸을 굴려 다시 일어났다.

'아.'

솔론은 아래에 무수히 켜진 조명 때문에 거의 제대로 보이지도 않는 하늘을 힐끗 쳐다보았다. 밤이 어디까지 지나왔을까. 해가 지기 시작할 때 이 싸움도 시작했으니, 해가 뜰 때를 기다려야 하는데.

치직, 어디선가 무전 소리가 들리고, 적들은 무섭게 늘어나기 시작했다.

여기에서도 이러는 걸 보면 아래층이야 알 만하다. 솔론은 수하와 헬리가 내려간 계단을 등지고 섰다.

시온이 당장 바닥에 손을 짚었지만, 그전에 트레나가 그 손을 향해 총구를 들이밀었다.

"어딜."

시온은 능력을 사용해 벽으로 붙으며 일단 피했다.

"애들이 총 무서운 걸 몰라. 뉴스도 안 봤어?"

일단 사람이 총구를 들이댔으면 피하든가 행동을 멈춰야 할 거 아냐. 트레나는 투덜대면서도 총을 조금 멀찍이 떨어트려 잡았다.

그녀도 이런 무기를 딱히 좋아하지는 않았다. 이건 엄연히 인간의 무기고, 뱀파이어의 무기는 따로 있으니까.

물론 이 총은 인간의 무기를 기반으로 뱀파이어의 근력에 맞춰 늑대인간용으로 개조된 역작이었다. 보통 사람이 쏘았다간 반동에 뼈가 부서질 정도로 훨씬 더 무시무시하고, 늑대인간들에게 치명적인 탄환이 따로 개발되어 장착됐다. 굳이 늑대인간들이 아니어도 뱀파이어 역시 맞으면 큰 부상을 입을 정도로 무서운 탄환이다.

하지만 트레나는 특별히 손맛을 즐겼다. 맨손으로 잡아 뜯어 입안으로 밀어 넣은 살을 꽉 깨물면, 그 안에 꽉 차 있는 향긋한 피가 가득 흘러나온다. 탄환 같은 쇠붙이가 들어가는 순간 어쩐지 비린 맛이 나는 느낌이라 그녀는 총도 싫어했다.

"움직이지 마."

트레나는 총구를 당장 노아의 이마에 들이댔다. 그녀는 이 어린 아이들을 잘 안다. 그녀보다 어리고, 풋내나고, 경험도 부족한데 감히 그녀보다 높은 자리에 턱 앉았다. 그리고 질기게 살아남았다.

"머리가 날아가고 싶지 않으면."

총구 아래 그녀를 올려다보는 강렬한 눈빛은 여전하지만, 그림자를 다루는 기술은 그녀의 기억보다 약하다. 그림자가 일제히 솟아오르는 순간, 트레나는 방아쇠를 망설임 없이 당겼다.

탕!

끔찍한 소리가 났다. 원래 자리에서 그대로 발사되었다면 노아는 분명히 다쳤을 것이다. 그것도 머리를 다쳤으니 중상이었겠지만, 미세하게 방향이 틀어진 탄환은 다른 곳에 날아가 박혔다.

쏘기 직전에 다른 공격을 급하게 받아 어쩔 수 없이 잘못 쏘게 된 트레나는 잠깐 비틀거렸다. 샛노란 눈이 그녀를 똑바로 겨냥하고 있었다.

"날 봐."

날 똑바로 보도록 해. 시온은 트레나를 매료시키려 애쓰며 다른 손으로는 밀어닥치는 뱀파이어들을 계속 붙잡았다.

솔직히 힘에 부치는 일이었다. 계속 느끼던 거였지만, 시온은 유독 이 매료시키는 이능력을 마음먹은 만큼 다룰 수가 없었다. 드리프터 정도야 가능했지만 트레나만큼 강한 뱀파이어는 어림도 없었다.

"큭!"

그저 잠시 시간만 벌 뿐이다. 노아가 다리를 쥐면서 기어이 일어나 그림자로 공격할 만큼의 시간, 혹은 나자크가 비틀대며 일어날 만큼의 시간만 잠시 번다.

더구나 매료하는 데 신경을 쓰다 보면, 능숙하게 뱀파이어들을 벽이든 바닥이든 나자크의 손안이든 붙여놓는 능력마저 흔들렸다. 당장 붙여놨던 뱀파이어들이 꿈틀대며 일어나기 시작했다.

한 번에 두 가지를 완벽하게 잘할 수는 없는 걸까? 이 다급한 상황에서 꼭 필요한 능력인데 그걸 못한다. 시온은 너무 화가 나서 이를 갈았다.

"너 예전보다 많이 약해졌구나."

트레나가 고개를 한 번 흔들더니 금방 매료에서 깨어나 그에게로 성큼 다가갔다.

됐다. 노아와 나자크가 일단은 피했으니 된 거다. 시온은 스스로에게 잘한 거라고 납득시키며 사납게 웃었다.

"당신은 말이 너무 많아."

"루슬란!"

시온은 자신의 부족한 점을 메워줄 동료들이 이제 두 배가 되었다는 사실을 잊지 않았다. 그의 양옆에서 루슬란과 마한이 튀어나와 트레나에게 달려들었다.

하지만 트레나라 해서 혼자인 건 아니었다. 당장 안개로 변한 그녀가 루슬란과 마한을 피하고, 대신에 그 뒤에서 총을 겨

눈 정예 뱀파이어들이 맞섰다.

"조심해!"

시온은 안개를 눈으로 따라가면서 루슬란과 마한을 도왔다. 어느새 소년들의 몸에는 사소한 상처가 생기기 시작했다. 비릿한 피 냄새가 폭탄 때문에 터진 고약한 마늘 냄새와 함께 뒤섞여 모든 이의 코를 자극했다. 물론, 소년들과 뱀파이어들은 각기 다른 느낌으로 이 냄새를 받아들였다.

트레나는 안개인 모습을 오래 유지하지는 않았다. 다시 원래 모습으로 돌아와 매섭게 나자크를 후려쳤다. 그걸 노아가 그림자로 막아내고, 시온이 붙들었다. 그러다가도 주의를 다른 뱀파이어들에게 빼앗기면 공격을 막는 소년들의 급소를 트레나가 찔러왔다.

'보통 수준이 아니야.'

시온은 트레나의 위협적인 속도에 결국 나자크가 다치는 걸 보고 눈을 크게 떴다.

"나자크!"

쓰러진 조명에 비친 그림자가 급히 일어나 트레나의 목을 틀어쥐었다.

"큭!"

안 돼. 노아는 스스로에게 타일렀다. 헬리 형이 생포해야 한다고 했어. 하지만 차라리 죽이는 게 안전할 것 같은데. 어떡하지?

탕! 탕!

망설이는 사이 총이 발사되고, 노아는 급히 안개로 변한 트레나를 내던지며 그림자 사이에 몸을 피했다가 도로 나타났다. 공격보다 방어에 급급하다. 누구라도 제발 도와줬으면 좋겠다는 생각까지 들자 노아는 마음을 고쳐먹었다.

'안 돼. 다들 자기 자리에서 애쓰고 있잖아.'

그러니까 그도 그의 몫을 제대로 해내야 했다. 누구에게 의존하지 않고 스스로 해내야 했다. 그런데 왜 이렇게 힘드냐. 1인분이 이렇게 힘든 거였냐.

부상을 입었다가 겨우 회복 중인 마한이나 루슬란도 같은 생각을 하고 있을까?

'에이씨, 늑대인간들한테 마음가짐에서 밀릴 수 없어!'

노아는 쇄도하는 안개를 간신히 피하며, 뱀파이어 하나를 은침과 마늘이 가득 깔린 바깥으로 집어 던졌다. 노아와 호흡을 맞추는 게 아주 익숙한 시온도 옴짝달싹 못 하는 뱀파이어들을 하나하나 꺾어가며 그림자에게 뱀파이어를 내어주기도 했다.

하지만 모두 호흡들이 거칠었다. 트레나가 너무 강력하다는 게 문제였다.

'언제 저렇게 강해졌지? 무슨 피를 마셨길래 저래?'

노아는 급히 뒤로 물러나며 생각했다. 소년들은 점점 1층 출입구에서 2층으로 향하는 계단 쪽으로 밀리고 있었다. 물론 그 계단에도 뱀파이어들이 창문을 통해 들어오거나 2층에서 내려오기도 해서, 소년들은 전체적으로 얼기설기 포위가 된 상황이었다. 지면 안 된다.

"조명."

"그림자 막아라."

뱀파이어들이 중얼거리는 목소리에 고저가 없어 더 섬뜩하게 들렸다. 눈을 아프게 하는 섬광탄이 여기저기에서 터지고, 총이 들이대졌다. 마한이 이를 악물고 총을 빼앗아 맞대응했다. 마구 쏘아지는 총에 뱀파이어들은 잠시 물러날 뿐, 눈 하나 깜짝하지 않았다. 뚫리지 않는 벽을 마주하는 느낌이다.

노아가 부리는 그림자의 영역이 점점 늘어나는 게 그 와중에도 고무적이었지만, 연막을 뿌려대며 마구 들어오는 뱀파이어들을 밀어내기엔 속도가 너무 느렸다. 성장이란 싸우기 전에 모두 마쳐야 하는 것이지, 싸우는 와중에 해봤자 소용이 없었다.

위층에서 가끔 내려오던 자카도 오지 못한 지 오래다. 시온은 숨을 몰아쉬며 필사적으로 노아를 지키고, 늑대인간 소년들을 지켰다.

"형!"

노아가 비명을 질렀다. 시온에게 안개화를 푼 트레나가 달려들었기 때문이다. 시온의 체구가 결코 작은 건 아니었지만 저렇게 단독으로 맞서는 건 위험했다. 아니, 이미 위험한 지경을 넘어섰다.

각 층에서 소년들이 악전고투를 벌이고 있었다. 그림자를 일으켜 트레나를 공격하려 했지만, 노아에게도 달려드는 뱀파이어들이 너무 많았다. 그건 그들과 함께 싸우고 있던 늑대인간 소년들도 마찬가지였다. 혼자 감당하기엔 힘에 부칠 정도로 많은 숫자이자, 하나하나 다 강력한 적이었다.

그리고 절대 맡아서는 안 될 피 냄새가 다시 한번 났다.

"어."

안 되는데. 나자크의 눈이 돌아갔다. 나이트볼을 하면서 워낙 상대를 잘 알게 되었던 늑대인간 소년들의 후각은 뱀파이어 소년들의 피 냄새를 예민하게 잡아냈다.

피. 너무 많은 피가 한꺼번에 쏟아졌다. 시온의 옆구리에 틀어박힌 트레나의 손에서 손목을 타고 피가 주르르 흘러내렸다.

노아는 저 여자가 어떤 식으로 공격하는지 알았다. 재상의 사냥개 중 하나. 아무도 모르게 살육과 고문을 즐기던 쌍둥이 자매 중 동생. 맨손으로 장기를 뜯어내며 고통에 몸부림치는 이를 보는 게 취미인 정신병자.

꿈 안에 묻혀 있던 단편적이 기억들이 쏟아지기 시작했다. 노아는 소리 없는 비명을 지르며 머리를 붙잡았다.

"잰 또 왜, 야, 노아야, 정신 차려!"

마한이 노아를 보고 고함을 질렀다. 그 소리를 어마어마한 통증 사이에서도 듣고 있던 시온이 움찔거렸다.

노아가 왜? 노아가 다쳤어? 막내가 다치면 안 된다. 그는 이깟 부상이야 견딜 수 있었다. 아무것도 아닌데 노아는 다치면 안 되잖아. 어떻게 그럴 수가 있어?

"마지가 너희에게 참 가르친 게 없었나 보구나."

흐흥, 콧소리를 내어 웃으며 트레나가 속삭였다.

'마지'. 시온은 눈을 크게 떴다. 그의 노란 눈에 트레나가 가득 들어왔다.

"아니, 내가 너무 일찍 죽였나?"

누군가를 몰살하는 건 트레나에게 너무나 익숙한 일이었다.

그 옛날 공주가 살아 있을 때나, 이 소년들이 살고 있던 보육원을 쓸어버린 때나, 지금이나 당연했다. 일방적으로 살육하고 폐허만 남겨뒀다. 그녀의 손에서, 혹은 다르단의 손에서 살아남은 존재는 없었다.

"아쉽네. 겨우 도망쳤는데 제대로 가르치지도 못하고 죽다니. 하긴 마지가 거기까지밖에 못 되는 거겠지."

약한 건 죽어야지. 간단한 법칙이었다.

"보육원 원장 노릇도 마지에게 그리 어울리지는 않았지만."

흘리듯 중얼거리던 트레나는 자신을 뚫어져라 보고 있는 시온과 다시 눈을 마주했다. 미동도 하지 않는다. 죽었나? 그녀가 고개를 갸우뚱거릴 때였다.

콰득.

어둠이 1층을 가득 채우고, 그림자가 트레나의 허벅지를 감싸 무섭게 잡아당기기 시작했다. 뼈가 부러질 만큼의 악력이었다. 그리고 노란 눈으로 그녀를 보고 있던 시온이 명령했다.

"내 몸에서 손 떼."

트레나의 손이 명령에 반응해 힘없이 미끄러졌다.

제 54 화

꿈
part 10

무시무시하고 절대적인 명령이었다. 시온은 노란 눈을 마치 불처럼 빛내며 트레나를 말로만 움직였다.

"한 걸음 물러나."

몸이 저절로 움직였다. 아니, 그래야 한다는 생각마저 강하게 들었다. 트레나는 저항하기가 힘들었다.

어째서? 여태까지 아무런 반항조차 제대로 하지 못하고 그녀에게 완전히 당했던 소년들이다. 그래, '소년'이었다. 다 자라지도 않았고, 경험도 없고, 미숙하기만 한 얼치기들.

그런데 그런 놈들이, 저런 앳된 얼굴이 왜 이렇게 강력한 존재로 보이는 건가. 트레나는 이해하지도 못한 채 움직였다.

정신을 차려야 했다. 그런데 이미 그녀는 시온의 명령에 착실하게 복종하고 있었다.

"이, 이……!"

"시끄러우니까 닥치고 네 부하들 물려. 물러나서 자살하라고 해."

시온은 피가 줄줄 흘러내리는 옆구리를 붙잡고 한마디, 한마디, 아주 분명하고 정확하게 명령했다. 트레나의 몸이 움찔거렸다. 반항하는 것이다. 시온은 이를 드러내며 사납게 말했다.

"당장."

"무, 물러나라."

어떻게든 그녀의 의식이 반항하려 했으나 결국 시온의 의지에 함락되어 말을 내뱉고 말았다. 하지만 그 명령을 들을 수 있는 상태인 뱀파이어가 얼마 없었다.

"형."

시온은 고개를 돌렸다. 저 바깥에서 이상하게 야생동물이 우는 소리가 들렸다. 사람이 이렇게 많이 몰리고 환한 곳이라면 도망치는 게 맞는데, 우는 소리가 점점 가까이 들렸다. 마치 누군가가, 밤을 지배하는 누군가가 불러들이는 것처럼.

"형, 괜찮, 괜찮아? 아니, 안 괜찮지, 그렇지. 미안해. 내가 너무 뻔한 걸 물었어."

얼굴이 울 것처럼 일그러진 노아가 그림자로 시온을 감싸며

손으로 그의 상처를 틀어막았다. 1층 전체를 장악해 밝게 빛나던 조명마저 집어삼킨 막내는 형의 상처를 보고 어쩔 줄을 몰라 했다.

"야."

"헬리 형, 헬리 형은 어디 있지? 다들 다쳤으면 어쩌지? 일단 내가 막고 있는데, 의사……."

"야, 노아야."

노아는 평소보다 훨씬 분명하게 들리고, 힘이 가득 실린 시온의 목소리에 주변을 둘러보다 다시 그를 쳐다보았다.

"나 괜찮으니까 정신 차려."

순식간에 창백해져서 진땀까지 흘리면서도 시온의 눈은 여전히 형형하게 빛났다. 예전보다 훨씬 강력해진 이능력으로 가득한 눈으로 동생을 보며 달랬다.

"지금 싸우는 중이야. 다칠 수도 있어."

언제나 가볍게 웃으며 골치 아픈 건 피해가고, 제멋대로 굴던 시온이 노아의 팔을 꽉 잡았다.

"충분히 나을 수 있는 상처니까 당황하지 마. 늑대인간 애들은 다닐 수 있게 해야 할 거 아니야."

아차. 노아는 폭주하는 것처럼 멋대로 일렁이던 그림자를 조금 추렸다. 그제야 2층으로 향하는 계단에서 칸이 그림자에 끌려가는 뱀파이어들을 따라 뛰어 내려왔다.

"다쳤냐?"

퍼뜩 놀란 칸이 이쪽으로 다가오려고 했지만, 물러난 그림자 때문에 좀 더 자유로워진 뱀파이어들이 또다시 그를 막았다. 계단에서 사투를 벌이다 겨우 내려왔는데 또 적이 들러붙다니. 칸은 미간을 찌푸렸다.

"울지 말고."

시온은 낮은 목소리로 노아에게 속삭이며 동생을 툭툭 쳤다.

"여기서 너 우는 거 들켰다간 죽을 때까지 놀림당하는 거 알지?"

"아, 안 울었어."

"일단 난 봤다."

"안 울었다고!"

혹시 누가 들을까 봐 그 와중에도 시온에게만 낮게 성질낸 노아가 아차, 하며 트레나를 살피고, 그림자로 계속 시온의 상처를 틀어막았다.

"버틸 수 있겠어?"

"나는 버티겠는데, 저쪽은 유지가 힘드네."

다치지만 않았어도 어떻게든 트레나를 좌지우지할 수 있었을 텐데, 몸이 약간 쑤셨다. 많이는 아니고 약간 쑤신다고 주장하고 싶은 시온은 노아의 어깨에 팔을 두르고 부축을 받았다.

"밖에 지금 곰이냐?"

"어, 근처에 있길래 좀 불러봤어. 우리가 워낙 숫자에서 열세잖아."

정예 뱀파이어를 상대로 큰 도움은 안 되겠지만, 그래도 시간을 끌고 혼선은 줄 수 있었다. 트레나와 거리를 벌린 노아는 그녀를 사납게 노려보았다.

"그런 것도 할 줄 알았어?"

"형은 이제 말 그만해. 출혈이 심하다고."

"어이구, 장하다."

"하지 말라니까."

질색하는 노아에게 기댄 시온이 하하 웃었다.

사람의 정신을 한순간에 장악하던 그 느낌이 아주 생생했다. 트레나 정도로 강한 뱀파이어를 잠식하다니, 몸만 괜찮다면 정말 큰 도움이 될 것 같은데. 하필 당해서 몹시 아까웠다.

하지만 이젠 알겠다, 어떻게 하는지. 그 벽을 뛰어넘은 시온은 간신히 비틀거리고 있는 트레나와 마주했다.

"이, 이것들이 감히……."

그녀의 눈이 분노로 시뻘겋게 물들었다. 다른 것도 아니고, 오래 살아온 만큼 스스로에 대한 자부심도 넘치고 자존심도 강한 그녀가 시온에게 완전히 의식을 넘겨줬다는 게 어마어마한 정신적 타격을 주었다.

용납할 수 없는 일이 벌어졌다. 용서할 수도 없었거니와, 후일을 생각해서라도 시온 같은 위험한 종자는 살려둬선 안 된다.

'실컷 가지고 놀려고 했더니, 그사이에 감히!'

다르단에게 바치려면 생포해야겠지만, 뱀파이어 소년은 일곱씩이나 된다. 그중에 하나쯤 죽어도 그리 크게 아쉽지는 않을 거다. 나머지 여섯에게서 최대한 피를 쥐어짜야겠지만, 그건 다르단이 알아서 잘할 거라고 트레나는 믿어 의심치 않았다.

그녀는 고개를 몇 번 흔든 뒤 당장 시온에게 다시 달려들었다. 하지만 거대한 늑대 하나가 달려들던 뱀파이어들을 떨쳐낸 뒤 그 앞을 막아섰다.

"부상자는 위층으로 올라가. 노아, 헬리에게 말했어?"

쾅, 하고 부딪치는 소음에 노아는 형을 더 단단히 잘 챙기고 계단으로 물러났다. 물론 그것도 쉬운 게 아니다. 어느새 또 총을 들고 달려드는 뱀파이어들을 쳐내야 했다.

"말하는 중이야."

"네가 부상자를 잘 담당할 수 있겠지?"

칸은 그 와중에도 그를 도우려 따라붙는 그림자들을 보며 노아에게 물었다. 트레나가 달려들어 칸을 물어뜯으려 했다.

"어딜!"

하지만 칸은 급히 트레나를 쳐냈다. 쾅, 하고 부딪칠 때마다 굉음이 나고 뼈가 찌르르 울린다. 정예 뱀파이어들도 힘들지만, 트레나는 그들을 훨씬 뛰어넘는 존재인 게 분명했다. 하지만 그래도 부상자는 지켜야 했다. 칸은 뒤도 돌아보지 않고 외쳤다.

"올라가!"

"자카가 내려올 거야! 조금만 버텨!"

결국 노아가 소리를 지르며 중상을 입은 시온을 부축하며 위로 올라가기 시작했다.

칸은 씩 웃었다. 자카가 내려왔으면 벌써 내려왔지.

솔직히 위층이라고 해서 상황이 썩 좋은 것도 아니다. 특수부대 수준으로 무기를 챙겨온 이 미친놈들은 오늘 여기에서 완전히 끝을 보려 작정했다. 2층도 3층도 1층과 비슷하면 비슷했지 결코 더 낫지 않았다.

그러니 아마, 자카든 누구든 도와주러 오지 못할 것이다. 칸이 이곳에 온 것도 예상보다 훨씬 격한 공격을 간신히 뚫고 온 거니까.

칸은 아예 계단을 등지고 섰다.

"짐승 새끼가 사람이 가는 걸 막아?"

하는 말마다 경멸이 뚝뚝 흐른다. 보는 시선에는 혐오감이 가득했다. 저들이 늑대인간들을 사람 취급하지 않는다는 건 이미 오래 겪어본 일이었다.

칸은 아무런 대꾸도 하지 않고 덤덤히 공격과 방어에만 집중했다. 말을 섞어봤자 체력낭비고 시간낭비라는 걸 이미 일찍이 터득했다.

"이놈들은 전부 죽여!"

"예!"

막는다면야 방법은 있다. 트레나는 다시 안개로 변해 칸을 통과해 위층으로 가기로 마음먹었다. 뱀파이어들이 그녀의 명령에 대답하며 깨진 조명을 밟고 밀려들었다.

결국 1층에 있던 늑대인간 소년들은 전부 늑대 모습으로 변했다. 이 정도면 오래 버틴 거였다.

트레나는 그들을 혐오스러운 눈으로 훑어본 뒤 다시 안개화에 돌입했다. 공주를 흉내 낸 이능력에 불과해 긴 시간 동안 안개가 될 수는 없지만, 그래도 잠시 피하거나 장애물을 통과할 수는 있었다.

트레나는 그 잠시뿐인 이능력을 가지고도 충분히 잘 활용했다. 그 덕에 다르단에게도 공주를 닮은 이능력을 가졌다고 예쁨을 받았으니 이능력으로 할 수 있는 건 다 했다 해도 과언이 아니다.

"전부 죽이고 위층으로 올라와라."

"예!"

말을 끝내자마자 안개로 변한 트레나는 칸을 스치고 지나가 계단으로 달려갔다. 아니, 그러려고 했다.

"……어?"

분명히 안개로 변한 그녀에게 칸의 강력한 공격이 날아왔다. 통하지 않는다, 하고 픽 웃고 지나가려고 했는데 말이다.

빠억, 하는 소리와 함께 트레나는 뒤로 날아갔다. 그녀는 다시 원래 모습으로 돌아가 간신히 허공에서 공중제비를 돌아 균형을 찾으려 했지만, 칸의 힘이 너무나 강했다.

트레나는 다 돌기도 전에 천장에 한 번 부딪치고, 바닥에 간신히 착지해 비틀거렸다.

"어떻게!"

트레나는 경악하며 칸을 바라보았다.

"네놈이 어떻게 날 붙잡은 거냐!"

칸은 한숨을 쉬며 그를 공격하는 뱀파이어 하나를 트레나에게 집어던졌다. 으악, 하는 비명도 지르지 못하고 날아온 뱀파이어를 냉정히 쳐낸 트레나가 씩씩거렸다.

"애들 말이 맞네."

칸은 정말 성가시다는 듯 트레나를 쳐다보았다.

"넌 말이 너무 많아."

그는 그런 뒤 입을 꾹 다물고 그녀에게 달려들었다.

☾

아래층에서 쾅, 쾅, 하고 묵직한 힘들이 부딪치는 소리가 요란하게 들려왔다. 간신히 계단을 그림자로 쓸어내리다시피 하며 위로 올라온 노아는 신음을 삼켰다.

'여기도 개판이네, 진짜……'

하하하, 이걸 웃어야 하나. 올라오면 형들이 손이라도 내밀어줄 줄 알았는데, 이안과 카밀은 뱀파이어들과 엉켜서 바닥을 구르고 있었다. 2층으로도 창문을 통해 뱀파이어들이 꾸역꾸역 밀려들었고, 망가진 총들과 은침이 경로를 사소하게 방해했다.

헬리 형, 어디 있어?

2층 동쪽. 무슨 일이야?

시온 형이 크게 다쳤어. 그리고 형.

뭐? 얼마나?

당장 되묻는 헬리의 목소리가 살벌해졌다. 동생들이 '크게' 다치다니.

"뭐야, 시온?"

화르륵, 머리카락이 타겠다 싶을 정도로 뜨거운 불이 근처를 지나가길래 얼른 피하면서 날아드는 공격자를 불 쪽으로 같이 던져준 노아가 고개를 들었다. 지노가 희게 질린 얼굴로 시온에게 두 손을 내밀고 있었다.

"애, 얘 왜 이렇게 피를 흘려? 시온! 정신 차려!"

지노의 목소리에 싸우느라 정신이 없던 뱀파이어 소년들의 눈이 이쪽으로 휙 돌았다. 그리고 한 바퀴 더 휙 돌았다.

쾅, 쾅, 쾅!

1층보다 더 요란한 소리가 폭발적으로 나기 시작했다. 헬리에게 할 말도 다 못한 노아는 일단 그림자를, 아니, 어둠을 크게 일으켜 화가 난 형들의 공격을 피한 뱀파이어들을 묶었다.

"얘한테 누가 이랬어!"

이안이 격렬하게 화를 내며 물었다.

"레일건 마스터가."

"너는!"

"난 괜찮아. 내가 시온 형을 챙길 수 있어. 형도 조심해."

"출혈은?"

"대충 잡고는 있어."

하지만 당장 치료를 하지 않으면 시온이 몹시 힘들어할 거다.

"그리고 형."

이안은 이쪽으로 향하는 총구를 향해 달려들어 총을 부러트리고, 개머리판으로 뱀파이어의 머리를 날렸다.

"왜!"

"레일건 마스터가 원장선생님을 죽였어!"

싸울 때는 말하는 게 아니다. 그럴 틈이 없었다.

칸이 하는 그대로 따라 배웠던 카밀은 정신없는 난전 사이에서 시온을 꼭 껴안은 노아가 하는 말이 무슨 뜻인지 알아듣지 못했다. 사실 관심을 둘 생각도 없었다. 뱀파이어 소년들은 뱀파이어 소년들만의 사연이 있을 테고, 거기 관여하고 싶지도 않았으니까. 그런데 말이다.

뚜둑, 하고 후려쳤던 뱀파이어의 목을 그대로 부러뜨린 이안이 고개를 돌렸다. 그의 호박색 눈이 크게 동요하고 있었다.

"그 여자가 직접 말했어."

"와, 긴가민가했는데 직접 말도 해주고."

지노가 하하 신경질적으로 웃었다. 일렁이는 그림자를 따라 불이 무섭게 일어나 뱀파이어들에게 옮겨붙었다.

"고맙네. 죽여버려야지."

노아의 어깨를 툭 친 지노가 아래로 뛰어 내려갔다.

숨을 몰아쉰 카밀은 무슨 이야기인지는 몰라도, 적어도 뱀파이어 소년들의 기세가 더욱더 흉흉해진 건 다행이라고 생각했다.

불길이 더 거세지고 그림자는 그림자가 아니라 어둠이라 불

려도 손색이 없을 만큼 규모가 커졌다.

노아는 시온을 데리고 앞으로 나아갔다. 축 늘어져 있던 시온이 그를 불렀다.

“노아.”

“말하지 말라니까.”

“나 기억났어. 우리 원장선생님. ‘공주’랑 친해.”

중얼거리는 말에 노아는 그게 무슨 소리냐는 표정으로 하얗게 질린 시온을 쳐다보았다.

제 55 화

꿈
part 11

"그게 무슨 소리야?"

원장선생님이 꿈에서 보는 공주와 무슨 상관이 있는데? 노아는 옆구리에서 피가 철철 나는 상황에 뜻 모를 소리를 자꾸 하는 시온을 이해할 수 없었다.

"넌 기억 안 나?"

노아는 고개를 저었다.

"공주와 원장선생님이 같이 있는 게 기억나."

시온이 중얼거렸다.

"둘이 무척 가까워 보였어. 나는, 아니, 우리는 그걸 지켜보고 있었고……."

"알았어, 그만 말해. 형 지금 얼굴이 엄청나게 창백해."

"괜찮아. 의식은 잃지 않을 거야."

이깟 걸로 안 죽는다. 시온은 자신을 필사적으로 보호하는 어둠에 감싸여 웃었다.

"아마 우리는 레일건 마스터한테서 우리 과거를 캐야 하는 게 아니라……."

노아는 시온의 이마에 맺힌 땀을 닦아주면서도 뱀파이어들의 공격을 받아치는 데 여념이 없었다. 확실히 아까 1층에서 고군분투하던 때보다 훨씬 수월했다. 이능력을 사용하는 깊이가 더 깊어졌고, 폭도 훨씬 넓어졌다.

'이대로라면 시온 형은 내가 지켜줄 수 있어.'

매일 막내라고 보호를 받기만 했는데, 노아는 제 몫을 다 할 수 있다는 자신감에 좀 더 힘을 내보기로 했다.

"괜찮은 거야? 히익, 피 봐."

늑대인간 소년 중의 막내 타헬이 이안과 카밀이 만들어준 틈을 이용해 이쪽으로 데굴데굴 굴러오다시피 왔다. 그는 몸에 딱 붙는 가방을 하나 메고 있었는데, 어둠이 뱀파이어들을 공격하는 사이 그 가방에서 빠르게 의료용품을 꺼냈다.

"치료할 수 있겠어?"

타헬은 표정으로 말했다. 이 상황에 치료는 무슨.

"지혈이라도 해야지!"

노아는 시온을 조심스럽게 내려놓고 일어났다.

"그럼 부탁할게. 내가 막고 있을 테니, 지혈해줘."

사실은 피를 마시는 게 빠를 것 같은데, 뱀파이어와 늑대인간 소년들은 모두 서로 조심하고 있는지라 이 자리에서 바로 말하기도 어려웠다.

늑대인간 소년들 앞에서 피를 마시는 건 분명히 뱀파이어와 관련하여 큰 상처를 입은 그들에게 커다란 실례일 거다. 게다가 사방에서 공격이 쏟아지고 있으니 그런 말을 할 시간도 없었다.

이미 노아의 옷에도 시온의 피가 잔뜩 묻어 있었다. 그는 피 묻은 겉옷을 벗어 지혈하는 데 쓰라고 타헬에게 건넨 뒤, 그들을 뒤로하고 뱀파이어들을 맞이했다. 연막탄이 퍼부어지면 타헬이 제대로 지혈하지 못한다. 자카가 빠르게 연막탄을 바깥으로 걷어냈다.

지금은 밤. 뱀파이어들이 힘을 쓰는 시간. 그리고 어둠은 노아의 권속이다. 스멀스멀 늘어나는 그림자가 그를 따랐다.

부상자가 있고, 부상자를 돌보는 이가 있다. 노아는 두 사람을 지켜야만 했다.

순식간에 전투대열에서 두 사람이 빠진 만큼의 커다란 구멍이 생겼다. 계단을 통해 아래층에서 화끈한 열기가 느껴졌다. 지노가 칸의 든든한 조력자가 되어주고 있나 보다.

'할 수 있어.'

길고, 지루한 싸움이다. 몇 번이나 할 수 있고 해내야만 한다고 되뇌며 적을 부수고, 찢고, 묶었다.

하지만 부상자는 약점이고 적은 바보가 아니다. 당장 방어만 하는 노아에게로 뱀파이어들이 우르르 몰렸다. 그나마 다행인 건 그가 넓은 지역을 쓸어내는 이능력을 가졌다는 점이었다.

탕! 탕!

하지만 막무가내로 퍼부어대는 탄환은 노아에게 자잘한 상처를 남겼다. 그는 무섭게 눈을 치뜨며 뱀파이어 하나를 어둠으로 삼켜버렸다.

까드득, 아드득, 뼈가 부서지는 소리에 질린 낯을 숨기지 못한 뱀파이어들이 노아에게 마구 달려들었다.

뱀파이어들이 활동하는 시간인 밤을 공포로 바꿔버린 저 존재를 용납할 수 없었다. 이 세상에서 사라지게 해야 했다. 노아는 지금 그들이 알고 있던 상식을 뒤엎는 존재이니까.

"크……!"

노아 혼자서 다섯을 상대하는 건 힘들었다. 저절로 입에서 신음소리가 흘러나왔다. 총을 피하자니 뒤에 지켜야 할 사람들이 있다. 노아가 숨을 몰아쉬며 이번에도 몸으로 막으려 하던 때였다.

쾅!

어마어마한 소리와 함께 그에게 달려들던 뱀파이어 둘이 한꺼번에 이안 쪽으로 날아갔다.

"뭐야?"

간신히 피한 이안은 뱀파이어들이 저들끼리 부딪쳐 굴러가는 걸 보고 이쪽을 바라보았다.

"미안!"

경쾌한 목소리가 소년들보다 훨씬 높다. 짧게 사과만 한 수하는 곧장 노아를 공격하는 다른 뱀파이어들을 상대하느라 바빴고, 그녀의 곁에는 새파랗게 날 선 검이 시커먼 피를 흩뿌리며 춤을 췄다. 2층 동쪽부터 여기까지 달려오며 뱀파이어들을 제거한 헬리와 수하였다.

"이거 끝나면 나랑 나이트볼 연습 좀 하자!"

이안의 말에 수하가 눈을 동그랗게 떴다. 저 목소리에 어쩐지 감정이 실린 것 같은데.

"왜, 왜! 실수한 거라고!"

쾅! 또다시 굉음이 났다. 이안과 수하, 각자 이능력을 사용하는 방법은 조금씩 달랐지만 어마어마한 힘을 다루는 두 사람이 여기 함께 있으니 고막이 뒤흔들리는 기분이었다.

"아무리 실수라도 겨냥을 이렇게 할 수가 없으니까!"

쾅! 굉음을 넘은 이안의 말이 기어이 수하에게 들렸다.

"연습만 한 백일 정도 하면 돼!"

연습만이 살길이니. 이안은 드셀리스 아카데미 나이트볼 주전으로서 엄숙하게 선언했다. 수하 쟤는 명중률부터 다시 높일 필요가 있었다.

"연습은 무슨, 실전에서 익히면 되는 거지!"

연습 백번보다 실전 한 번이 낫다는 주의인 수하는 가볍게 뱀파이어를 떠밀었다. 그리고 쾅, 떨어지기 직전인 손가락 끝에서 힘이 다시 한번 폭발하며 뱀파이어를 완전히 건물 바깥으로 날렸다. 말 그대로 청소였다.

이안이 환장하겠다는 듯 눈을 굴리는 사이, 수하는 방향을 그대로 틀어서 시온의 곁에 섰다. 그녀는 시온이 얼마나 많이 다쳤냐는 질문은 하지 않았다.

"붕대 모자라지?"

타헬이 고개를 끄덕이자, 점점 비어가던 그의 가방 안에 다시 구급용품이 꽉 찼다.

수하가 가방을 탈탈 털어 타헬에게 넘겨주는 사이, 헬리의 검이 무섭게 허공을 갈랐다. 따로 손질하거나 날을 갈지 않아도 원장선생님이 남겨준 검은 새파랗게 날이 서서 뱀파이어들을 베어냈다. 보통 물건이 아니란 건 확실했다. 그 검은 그냥 상처만 입히는 게 아니라, 뱀파이어들에게 마치 독을 심어놓는 것 같았다.

"커억……!"

한 번 찌르고 뽑아냈을 뿐인데도 뱀파이어들은 너무나 괴로워했다. 헬리는 냉정하게 상대를 베어내면서도 점점 이 검이 분명히 사연 많고 유서가 깊은 물건일 거라는 생각이 들었다. 마치 뱀파이어들을 잡기 위해 만든 무기 같지 않은가.

드리프터들이야 이 치명상을 느낄 새도 없이 바로 절명했지만, 드리프터들과는 비교도 안 될 정도로 강한 뱀파이어들을 상대할 때 검은 빛을 발했다.

레일건 마스터를 상대할 때는 어떨지 궁금한데.

어, 그게 무슨 뜻인지 정확하게는 모르겠는데 일단 1층은 상황

이 안 좋거든?

헬리는 고개를 휙 돌려 계단을 내려다보았다. 난간 너머로 불을 쏟아놓는 지노가 얼핏 보였다. 그는 조금씩 이쪽으로 올라오고 있었다. 어딘들 상황이 좋겠냐만, 1층에 있어야 할 사람들이 올라온다는 건, 다시 말해 밀려나고 있다는 뜻이었다.

부상입었던 애들이 밀리고 있어.

지노의 목소리가 심각했다. 하긴 마한, 루슬란, 카밀이 전부 부상을 입었던 전적이 있으니 밀리는 게 당연했다.

게다가 저 아래에는 레일건 마스터가 있다. 모두가 다 뛰어 내려가서 도와주고 싶은 마음은 굴뚝같았으나, 상황은 늘 그렇듯이 마음대로 되지 않았다. 당장 헬리도 수하를 챙겨서 여기까지 오는데 수도 없이 많은 뱀파이어들과 맞닥뜨려야 했다.

다들 기본목표는 절대로 잊지 마. 최대한 많은 뱀파이어를, 최대한 다치지 않고 제거하는 게 목표야.

레일건 마스터고 나발이고 소년들의 목숨이 가장 중요했다. 때문에 여기저기 흩어져서 최대한 많은 소년이 목숨을 건지고, 또 많은 뱀파이어를 죽일 수 있도록 작전을 짰다.

한꺼번에 몰려 있다가 생포되거나 몰살당하는 일은 있어선 안 된다. 어떻게든 서로가 서로를 챙기고 살려서 살아남아야 했다.

헬리는 곧장 1층으로 내려가는 계단을 뚫기 시작했다. 여기에서 고립될 수는 없다.

힘내. 우리도 상대를 꽤 죽였어. 조금만 버텨.

아직 지나치게 많이 남았다는 게 문제지만. 이 상황에서 어떻게든 시온과 타헬, 그리고, 특히 헬리는 수하를 빼내고 싶었다.

멀쩡한 사람도 공포를 느끼고 기절하거나 도망갈 상황인데, 수하는 의연하게 이 상황에서 대처하고 있었다.

솔론, 3층은 어때?

어떻긴.

솔론이 약간 웃었다. 힘에 부치는 게 분명했다.

여기나 거기나 상황이 비슷할 걸, 아마?

어디든 좋은 곳은 없다. 쉴 새 없이 검을 휘두르는 헬리를 본 노아가 간신히 숨을 한 번 돌린 뒤 다시 그림자를 일으켰다. 물러난다고? 그런 게 어디 있어?

도망치는 건 지긋지긋해. 보육원에서도 도망쳤는데, 여기에서 또 도망칠 줄 알아?

강하게 흘러나오는 노아의 의지는 굳이 읽으려 하지 않아도 헬리에게 선명하게 읽혔다.

커다란 그림자가 뻗어 나와 계단을 쓸어버리고, 지노가 받치고 있던 루슬란을 끌어왔다. 그도 트레나에게 당한 모양인지 왼쪽 팔뚝을 꽉 쥐고 있었다.

"괜찮아?"

깜짝 놀란 수하가 계단을 향해 달려왔다. 그러곤 루슬란을 제지하려는 뱀파이어를 걷어차 밀어냈다.

“아오, 수하야, 아래에 나도 있다.”

당장 지노가 뱀파이어를 휙 피하며 투덜거렸다.

“알아서들 피해, 좀.”

그녀는 루슬란을 뒤로하고 계단에서 내려갔다. 칸이 트레나와 혈투를 벌이고, 그 곁을 지노가 지지하는 게 아무리 봐도 불안해 보였기 때문이다.

거침없이 내려가는 수하의 곁에 당연히 헬리가 따라붙었다. 그는 아무런 말도 하지 않고 언제나 수하의 곁을 지켰다.

1층 계단에 서니, 바깥에 떨어지는 폭탄에 뱀파이어들이 얼마나 큰 피해를 입었는지 훨씬 잘 보였다. 이쯤이면 뱀파이어들이 뿌려대는 연막탄이 강한지, 엔지가 열심히 조립한 마늘과 은침폭탄이 더 강한지 알 수 없을 지경이었다. 사방에 풍기던 달짝지근한 냄새를 지독한 마늘 냄새가 집어삼켜 머리가 아팠다.

“마한, 물러나.”

칸이 강하게 말하며 트레나를 공격했다. 1층은 이미 여기저기 부서지고 패여서 엉망이었다. 그만큼 뱀파이어들의 시체도 가득 쌓여 있었다. 그 시체를 방패막이 삼아 총알을 피했던 마한은 몸을 빠르게 굴려 지노의 뒤로 빠졌다.

"너도 다쳤어?"

뜻밖에도 수하와 마주한 마한이 조용히 대답했다.

"여기서 안 다친 사람이 어디 있어?"

없었다. 다친 건 그리 특별하지도 않은 잔인한 밤이다.

다만, 여기에서 들려온 이질적인 여자 목소리에 트레나가 눈을 획 돌린 건 특이한 일이었다.

처음으로 트레나와 마주한 수하는 주먹을 꽉 쥐었다. 이상하게도 머릿속이 냉정해지고 마음은 차분했다.

소년들은 연신 그녀가 이런 곳에 있어도 괜찮은 거냐며 걱정하고 또 걱정했지만, 그녀는 공포를 느끼기보다는 더 냉정해졌다. 마치 이런 전투에 익숙한 사람처럼 말이다.

왜 저래?

쉴 새 없이 불을 지르고, 뱀파이어들이 제 눈을 부여잡고 뜨겁다고 악을 쓰게 만들며 지노가 미간을 찌푸렸다.

레일건 마스터가 이상했다. 칸도 밀려날 만큼 최상의 컨디션을 자랑하며 부하들을 지휘해 무섭게 압박하며 2층까지 뚫을 기세더니, 갑자기 굳어버렸다.

당장 칸이 그 틈을 놓치지 않았으나 트레나는 일단 공격을 날렵하게 피했다. 피하는 거 하나는 속도가 어마어마하게 빠른 뱀파이어였다.

그녀는 그러면서도 계단에서 눈을 떼지 않았다. 헬리가 당장 그 시선을 차단하며 수하의 앞에 서서 검을 휘둘렀다.

지금 밀어붙여야 할 거 같은데?

지노가 헬리에게 말하며 트레나에게 집중하려 애썼다. 하지만 그녀를 이능력으로 괴롭히기란 쉽지 않았다. 몰려드는 뱀파이어들 모두가 실력자들이라 그들을 떼어내고 트레나에게 집중하는 건 거의 불가능했다.

당장 수하도 뱀파이어들을 걷어차느라 정신이 없었다. 그녀는 그러면서도 자신을 뚫어져라 보는 트레나를 보았다.

그렇다. 트레나는 수하를 보고 있었다.

헬리, 저 여자가 레일건 마스터야?

알고 있는데 다시 한번 확인이나 해보자는 수하의 질문에 헬리는 입술을 한 번 깨물었다가 놓았다.

어. 맞아.

그렇구나.

그렇구나. 그런 거였어. 이젠 늘 꾸던 꿈은 그저 꿈일 뿐이라고 치부할 수도 없는 섬뜩한 진실이 되었다.

수하는 꿈에서 끄집어낸 거나 다름없이 생생한 트레나의 경악한 얼굴을 보며 차분히 적을 튕겨냈다.

갑자기 등장한 수하가 겉보기엔 약해 보인다 해서 뱀파이어들은 절대로 쉽게 보지 않았다. 이들은 드리프터보다 훨씬 경계심도 심하고, 신중했다. 물론 그렇다 해서 그녀의 힘에 밀리지 않는 것도 아니지만.

수하는 최선을 다해 뱀파이어들을 밀어내며 트레나를 마주했다.

"하하, 하……."

이걸 좋아해야 하나, 아니면 말아야 하나. 트레나는 흔들림 없는 시선으로 자신을 바라보는 수하를 보며 실성한 듯 웃었다.

다르단이 좋아할 거다. 아니, 좋아한다는 말로는 표현하지 못할 만큼 기뻐할 거다. 너무나 긴 세월 동안 그는 저 여자애만 미친 듯이 찾아댔으니까.

그런데, 지금 이 순간에 다르단의 총애와 관심을 저 여자애가 다 가져갈 거라는 생각부터 들었다.

콰!

마침 수하가 뱀파이어 둘을 한꺼번에 밀쳐냈다. 그 때문에 나는 커다란 폭음에 트레나는 화들짝 정신이 들었다. 지금 뭘 하는 거야!

"그 여자는 다치게 하면 안 돼! 생포해!"

다치지 않게 생포하라니. 지금 마스터가 제정신인가. 뱀파이어들은 어마어마한 힘을 아주 가볍게 휘두르는 수하를 한 번 보고, 또 트레나를 다시 바라보았다. 그게 가능한 상대인 줄 아나?

"언젠가는 마주칠 거라고 생각했는데."

어쩔 수 없다. 트레나는 수하를 잡아다 곱게 다르단에게 넘기기로 했다.

좋은 일이다. 좋은 일인 거지. 공주를 잡아 왔다며 분명히 치하해주실 거다. 좋게 생각해야 했다. 뒤집어 말하자면, 여기서 놓쳤다간 돌아오는 건 죽음뿐이다. 정신 바짝 차려야 했다.

"벌써 늘 달고 다니던 놈들과 함께 있었구나, 공주님."

수하는 트레나가 하는 이야기를 하나도 놓치지 않았다. 들으면 들을수록 그녀만 혼자 괴상한 꿈을 꾸는 게 아니라는 것이 확실해졌으니, 놓치는 건 불가능하기까지 했다.

"공주?"

그게 뭔 소리냐며 마한이 기가 막혀서 수하와 트레나를 번갈아가며 보았다. 왜 호칭이 저래? 비꼬는 거겠지?

"혼자 다니는 건 아직도 무섭긴 한가 봐. 이젠 개들까지 끌고 다니네."

말을 할 때마다 매서운 공격을 뿌리며 트레나가 수하에게 바짝 접근했다.

제 56 화

꿈
part 12

'공주'라는 호칭을 똑똑히 들은 지노의 표정이 무섭게 굳었다.

저 여자도 알고 있는 건가.

수하의 앞에 불이 확 일어났다. 하지만 트레나를 비롯한 적들은 아주 노련했다. 그리고 소년들이 어쨌든 서로를 위하려 한다는 점도 교묘하게 이용했다. 칸과 나자크에게 공격이 쏟아지면, 이들은 도우러 갈 수밖에 없었다.

"내가 얼마나 찾았는데. 공주님이 그러고 사라져서 우리가 참 마음이 아팠어요."

처음부터 끝까지 어린애라 깔보며 빈정대는 투다.

트레나의 눈이 뱅글뱅글, 미친 사람처럼 돌아가는 걸 보고 칸은 신음이 나오려는 걸 억지로 삼켰다. 뭔가 잘못됐다. 잘못

되어도 한참 잘못됐다.

수하는 여기에서 무조건 1순위로 빠져야 하는 사람인데 저 미친 뱀파이어에게 제대로 찍힌 게 분명했다.

야, 뭐 해, 당장 수하 뒤로 빼!

칸이 힘겹게 뱀파이어들을 제거하며 헬리에게 말했다. 안 그래도 헬리 역시 지노와 함께 수하의 앞을 막고 있던 중이었다.

수하야.

헬리가 일단 불렀지만 수하는 그가 말을 다 꺼내기도 전에 잘랐다.

둬봐. 무슨 말을 하는지 한번 들어보자. 노아가 저 여자 말이 심하게 많다고 했잖아.

그런 거야 헬리가 어떻게든 읽어낼 수도 있겠지만, 이 상황에서는 녹록지 않은 일이다.

수하는 덤덤한 얼굴로 제 몫을 제대로 해내며 트레나와 마주했다.

"그런데 버릇은 못 버리는구나."

트레나는 중얼거리다가 목으로 날아오는 검을 피했다. 헬리는 잡아 죽일 듯이 트레나를 노려보고 있었다.

"처음에는 엄마 치맛자락 붙잡고 다니다가 그다음에는 마지였지."

원장선생님의 이름이 나오자 지노가 움찔거렸다. 저 여자가 보육원 원장선생님을 안다는 건 아는데, 그게 어떻게 수하와 이어지는 거지? 그는 일단 이런 때 늘 물어보는 사람을 불렀다.

……형?

둬봐. 수하도 둬보랬어. 지금 알아서 자백하잖아.

헬리가 빠르게 말하며 더더욱 거세게 몰아붙였다. 덕분에 아래에서 고군분투하고 있던 칸과 나자크의 숨통이 트였다.

하지만 이미 평생에 걸쳐 찾고 있던 가장 중요한 존재를 찾아낸 트레나는 눈이 뒤집어져서 계속해서 이쪽에 달려들었다. 이젠 칸과 나자크가 수하를 함께 보호해야 할 지경이었다.

"마지도 모자라긴 했어. 그렇지? 그러니까 어린놈들을 일곱이나 데리고 다녀서 날 이렇게 피곤하게 했지."

됐다. 트레나는 전신에 희열이 끓어 넘치는 것을 느꼈다.

됐어. 지금 헉헉대며 방어나 하기에 급급한 이놈들과 공주를 전부 데려다가 다르단에게 바치면 그분이 얼마나 기뻐하실까!

비록 공주에게 당연히 밀리겠지만, 그래도 다르단은 충성한 사람을 잊지 않는다. 트레나가 공주를 발견해 바쳤다는 걸 평생 기억할 거다. 그 점에서는 언니 트리샤를 능가할 수 있다. 그거라도 얻어내야 했다.

"그건 참 유감이네."

딱히 유감은 아니라는 표정으로 수하가 뚱하니 대답했다. 평범하게 무심하고 성의 없는 태도였지만 그게 무엇 때문인지 트레나를 화나게 한 모양이다.

"네 엄마가 어떻게 죽었는지, 마지가 무슨 꼴로 죽었는지 보고도 아직까지도 그따위로 고고하게 굴어?"

저 여자는 말을 할 때마다 공격에 감정을 싣는 타입이구나. 수하는 냉정하게 판단했다.

한 번 대꾸를 해줬더니 성질을 내며 더욱 거세게 밀어붙인다. 단기적으로는 좋을지 몰라도, 저 공격으로 승패가 가름이 되지 않는다면 오히려 트레나의 손해였다. 그렇다면 살살 긁어야 하는데.

어, 나 어떻게 대답해야 해? 우리 엄마는 살아 계신데?

수하는 당황한 티를 내지 않으며 헬리에게 슬쩍 물었다. 표정은 차분한데 머릿속에 들려오는 목소리는 너무 당황해서, 헬리는 하마터면 긴장감이 다 풀릴 뻔했다.

마지가 어떻게 죽었는지는 못 봤다고 해봐. 지금 잘하고 있어.

"마지가 어떻게 죽었는지는 못 봤는데."

읊어준 그대로 읽는 수하의 목소리는 교과서를 읽는 것처럼 뻣뻣하기만 했다.

이거 어째 이상한데. 이쪽을 쳐다보는 칸에게 '네가 생각하는 게 맞다'고 눈으로 말한 헬리는 계단을 부술 기세로 달려드는 트레나와 맞섰다.

"아, 그렇지. 공주님은 못 보셨지."

트레나는 고개를 끄덕이며 헬리를 무섭게 압박했다. 그녀의 손에는 아직까지도 시온의 피가 남아 검게 굳어 있었다.

"하지만 난 봤어. 내가 죽였거든! 내가 손발을 하나하나 찢어서 죽였지!"

그때 느꼈던 즐거움과 광기를 떠올리는지 트레나는 하하하 웃으며 헬리의 공격을 받아쳤다. 지노가 으드득, 이를 갈며 그녀를 보호하는 뱀파이어들을 불로 지져버렸다.

'미친 사람이구나.'

수하는 트레나를 보며 그녀는 정상이 아니라고 판단했다.

그들이 서 있는 계단에 쩍쩍 금이 가기 시작했다.

정상은 아니지만 싸우는 데는 탁월하다. 그리고 같은 실수를 웬만하면 하지 않는다. 뱀파이어 소년들을 몰아붙이는 그 기세에 까딱 잘못하거나 조금만 방심해도 치명상을 입을 터였다.

그리고 트레나가 뱉어내는 말이 뱀파이어 소년들을 뒤흔들고 방심하게 만드는 미끼였다.

"아, 유언도 들려줄까?"

미친 눈이 이번엔 헬리와 지노에게로 향했다.

"기껏 키워놓은 네놈들이 개처럼 꽁지를 말고 달아나게 해놓고 잘 도망갔나 열심히 걱정했지. 별 쓸데도 없는 짓이었어.

안 그래?"

마지, 보육원 원장선생님은 뱀파이어 소년들에겐 부모였다. 과거가 기억나지 않는 소년들을 아주 어릴 때부터 돌보며 때론 엄하게, 때론 아주 자상하게 하나하나 가르치고 지켜보았다.

그런 부모였던 이가 죽을 때까지 그들을 걱정했다는 말에 동요하지 않을 사람은 없었다. 속이 비틀리고 미어지고 억장이 무너진다. 원장선생님은 분명히 그러셨을 게 뻔해서 더 아팠다. 마지막까지 소년들을 걱정하며 버텼을 거다.

"고작 이 정도 되는 실력을 가지고 나한테 맞서봤자 결국 잡힐 텐데. 아, 이젠 공주님까지 나한테 갖다 바쳤구나."

잡았다. 트레나는 화염과 날카로운 검, 그리고 늑대인간들의 이빨 사이에서 내밀어진 수하의 탄탄한 팔을 낚아챘다.

공주만 잡으면 그만이었다. 명색이 기사랍시고, 이 얌전한 샌님 같은 소년들은 공주의 목숨을 가지고 위협만 하면 알아서 무장해제했으니까.

자, 그럼 이제 어디 한번 생포를 시작해볼까, 싶은 찰나였다.

그녀의 입꼬리가 비틀어지면서 올라갔을 때, 손에 차오르던 따뜻한 부피감이 훅 사라졌다. 희끄무레한 공기가 트레나를 통과해 지나갔다. 안개로 변한 수하가 빠져나간 것이다.

'못 잡을 줄 알고?'

트레나가 당장 똑같이 안개로 변해 수하를 쫓아갔다.

안개와 안개는 서로 섞인다. 어떻게든 얽혀서 붙잡아내고야 말리라.

안개가 안개를 향해 손을 뻗는 순간, 칸과 헬리도 뛰어올라 똑같이 손을 뻗었다.

트레나는 일단 칸의 손은 가볍게 피했다. 그가 그녀를 붙잡을 수 있다는 건 알았기 때문에 미리 예상하고 있었다.

안개가 되었을 때는 칸만 피하면 된다. 아무것도 피할 필요가 없었는데 딱 하나만 피하면 된다니, 그것만 기억하고 있으면 되는 거 아닌가.

그래서 푸욱, 하고 은빛으로 빛나는 검이 안개를 찔렀을 때, 트레나는 무슨 일이 일어났는지 바로 알아차리지는 못했다. 그저 뭔가 잘못되었다는 강한 생각에 뒤를 돌아보았을 뿐이다.

"잡았다!"

저 말이 트레나의 입에서 나오는 게 아니라 소년들에게서 나온 건 순식간에 분위기를 반전시키는 일이었다.

어떻게 된 건지 가장 먼저 확인한 나자크가 환호성을 질렀다. 안개가 되었다가 다시 본래 모습으로 억지로 돌아온 트레나는 중상을 입었다. 헬리가 정확하게 꿰뚫은 검은 트레나의 허벅지를 비스듬히 관통해서 튀어나왔다.

"아……!"

뒤늦게 그녀의 입에서 경악과 신음이 뒤섞인 소리가 튀어나왔다.

어떻게 이럴 수가 있지? 무슨 일이 일어난 건지 제대로 알아차리지도 못해 혼란한 눈이 뒤를 바라보았다.

물론 헬리는 그 충격의 순간을 절대로 놓치지 않았다. 상처가 더 벌어지도록 사정없이 검을 비틀어 뺀 후, 곧장 다음 공격을 퍼부었다.

수하는 잘 빠져나갔다. 그녀는 민첩하고 순발력이 뛰어나며, 위기상황에서도 잘 판단한다는 건 헬리도 알고 있었다. 일단은 괜찮다. 하지만 견딜 수가 없었다. 이 모든 상황을 참아낼 수가 없었다. 인내심이 강하고 쉽게 동요하지 않는 그는 감정을 실어 공격했다.

"놓치지 마!"

그리고 그에겐 칸이라는, 생각지도 않았으나 예상외로 상당히 괜찮은 동료가 있었다.

트레나는 부상을 입었다는 걸 확인하자마자 본능적으로 다시 안개가 되려고 했으나 결코 칸은 가만있지 않았다.

“마스터!”

부하들이 트레나를 부르며 어서 뒤로 물러나시라 손짓했지만 트레나는 그쪽으로 가지도 못했다.

‘말로 부른다고 되는 줄 아나, 멍청이들!’

그럴 시간에 진입해서 한 놈이라도 더 죽이란 말이다! 그녀는 뻗어오는 검과 날카로운 이빨을 피했다. 사실 그 멍청이들도 어서 피해야 했다. 안개가 될 수 있다는 특징을 너무나 잘 활용하기 시작한 수하는 이곳저곳을 옮겨 다니며 뱀파이어들이 많이 뭉쳐있는 곳을 힘으로 두들긴 뒤 잽싸게 사라졌으니까.

쾅!

“으, 아악!”

가볍게 뱀파이어들을 날려버린 수하는 다시 안개가 되어 쏟아지는 총탄을 피했다. 늑대로 완전히 변해 날뛰는 선샤인시티 주전들이 몹시 걱정스러웠다. 연막도, 총탄도 그들에겐 너무나 치명적이었다.

‘그다음은 어디, 어……?’

수하는 움직이려다 말고 잠시 멈칫거렸다. 트레나를 몰아붙이는 헬리의 사나운 눈을 보았기 때문이다.

'……괜찮은 건가?'

걱정이 될 정도로 시퍼렇게 날이 선 눈빛이었다. 보는 사람이 오싹 소름이 끼칠 지경인데, 저 시선을 받는 트레나는 어떨까.

트레나도 똑같은 눈빛이긴 했다. 그녀는 순식간에 이리저리 도망쳐야 하는 위치가 되었음에도 불구하고 절대로 꺾이지는 않았다. 어떻게든 뱀파이어의 뛰어난 회복력이 상처를 복구할 때까지 최대한 충돌을 미루다가도 결정적인 때는 놓치지 않았다.

쾅!

수하와 칸, 헬리가 빠지자 노출되어 있던 지노가 트레나의 공격에 2층으로 내던져졌다.

"형!"

노아가 울부짖는 소리가 1층까지 들렸다.

괜찮아, 나 괜찮아.

혹시나 헬리의 집중력이 흐트러질까 봐, 간신히 헬리에게 먼저 의식을 전달하는 지노의 목소리가 희미하게 떨렸다. 전혀 괜찮지 않은 거다. 내상이 심한 게 분명했다.

이러면 안 되는데 헬리는 점점 이성이 무너지는 것을 느꼈다. 원장선생님, 수하, 동생들, 전부 다 그를 극심하게 뒤흔드는 소중한 존재들이었다. 동시에 그들을 트레나가 망가뜨리고, 괴롭히고, 끝내 꺾어내려 하고 있었다.

그는 당장 시퍼런 빛이 흘러내리는 검은 눈으로 트레나의 뒤를 쫓았다. 읽어내야 했다. 읽어내고, 예측하고, 잡아야만 했다.

……*어먹을*……, *일단 한 놈이*…….

고요한 곳에서 집중해서 차분하게 생각을 읽어내던 헬리는 이제 이 혼란한 전투 한복판에서 거칠게 남의 생각을 잡아 뜯어 읽기 시작했다.

당연히 잘 될 리가 없었다. 억지로 읽어내는 생각은 단편적이고, 온전하지 않았다.

하지만 조금이라도 들여다본다면, 그래서 1초라도 먼저 움직인다면 잡을 수 있었다.

헬리는 이를 악물었다. 이 불리한 상황에서 그가 해내야 했다. 해내야지만 이번에도 살아남는다.

'뒤돌아보지 말고 뛰어! 살아야 한다.'

보육원 선생님들이 애타게 외치던 단 하나, 그들의 생존을 위해서 해내야 했다.

수하가 지노를 보고 2층으로 올라가고, 헬리 역시 계단을 한 번에 뛰어올랐다.

소년들만 지친 게 아니라 트레나도 부상을 입은 터라 가급적 안개화 능력은 사용하지 않으려 애쓰고 있었다.

체력을 아껴야……. 저놈은 완력이 강한……!

읽힌다. 들린다. 트레나가 누굴 보고 있는지 알겠다.

이안, 피해!

헬리의 말이 전해지기 무섭게 이안은 빠르게 몸을 틀었다. 그러곤 그에게 덤벼들던 트레나의 위협적인 공격을 슬쩍 흘린 뒤, 오히려 그녀를 걷어찼다.

쾅!

흙먼지가 뭉게뭉게 피어날 정도로 거대한 충돌이었다. 그대로 계단 아래로 다시 내던져진 트레나는 등에 큰 충격을 받았지만 다시 몸을 일으키려 굴렀다. 그리고 콰득, 하는 끔찍한 소리가 한 번 더 났다.

"흐……아아악!"

이번에는 어깨였다. 어깨를 꿰뚫린 트레나는 참지 못하고 비명을 질렀다.

헬리는 온갖 증오를 담아 검을 비틀어 빼냈다. 허벅지도 그렇고, 어깨 역시 쉽게 낫지는 못할 것이다. 그가 들고 있는 검이 낸 상처에는 트레나의 회복력이 잘 통하지 않는 모양이었다.

트레나는 악을 쓰며 무차별적으로 공격을 퍼부어 헬리를 떨쳐내려 했다. 그녀의 부하들도 어떻게든 접근하려 애썼다.

하지만 수하도, 3층에서 1층으로 곧장 내려온 자카도 가만히 있지 않았다.

깨져버린 2층 창문 바깥에서 어둠이 노아의 부름에 응해 안으로 들어왔다. 가까이 붙어 공격할수록 헬리는 트레나의 생각을 더 많이 읽어낼 수 있었다.

그리고 3층에서 마침내 늑대 모습을 한 솔론과 엔지가 뛰어내려왔다.

"3층으로 들어오는 놈들이 확 줄었더니."

죄다 여기 있었네. 솔론은 미간을 좁히며 바닥을 쓸며 뱀파이어들을 쳐낸 뒤 이안의 곁에 바짝 붙었다.

"아래층으로 내려가! 가서 헬리 형부터 도와줘!"

"어쩐지 그 형이 조용하더라."

솔론은 곧장 계단을 더 뛰어 내려갔다. 그리고 계단 중간에서 크게 도약해서 헬리의 뒤를 치려던 뱀파이어를 물어 던져버렸다.

이쪽에서 던지면, 수하가 저쪽에서 쳐낸다. 졸지에 공처럼 왔다 갔다 한 뱀파이어는 숨이 뚝 끊어져버렸다.

엄청난 속도를 담아 자카가 종횡무진하며 헬리를 공격하려는 뱀파이어들을 막아냈다.

"수하부터 지켜!"

트레나와 직접 붙은 헬리가 고함을 질렀다. 트레나는 그의 검을 피하며 그 와중에도 빈정거리며 도발하는 것을 잊지 않았다.

"그게 공주님 이름이야? 깜찍하네. 아무렴, 공주님부터 지키긴 해야……."

말은 완전히 끝나지 못한 채 뚝 끊어져버렸다. 저 공주부터 처리해야지, 하고 마음을 먹었던 트레나는 복부를 내려다보았다. 달빛을 받은 검이 순식간에 파고들었다.

헬리는 트레나가 정확하게 무슨 생각을 했는지 알고 있다는 눈빛으로 그녀를 노려보고 있었다. 검은 눈은 분노로 불타고, 트레나는 아무리 용을 써도 그 눈빛을 꺾을 수 없었다.

제 57 화

꿈
part 13

레일건 마스터가 크게 당한 게 위기라는 걸 모를 뱀파이어들이 아니었다.

그들은 제대로 훈련받은 뱀파이어들로, 오랜 세월을 살아왔다. 당장 트레나를 구출해 뒤로 물러나려고 했다. 헬리에게 어마어마한 공격이 퍼부어졌지만, 그걸 가만히 내버려둘 소년들이 아니었다.

"윽……."

트레나는 어떻게든 검을 빼내려고 애썼지만, 헬리는 그녀의 어깨를 발로 밟아 바닥에 쓰러트려버렸다.

마스터는 내가 붙잡았어. 계속 붙잡고 있을 테니 나머지를 해결해줘.

소년들에게 전달된 목소리는 희망이었다. 이 긴 밤이 어쩌면 생각했던 것보다 훨씬 일찍 끝날 수도 있을 거라는 희망.

당장 뱀파이어 소년들의 표정들부터 밝아졌다.

수하야.

더 신이 나서 똑같이 날뛰어보려던 수하가 멈칫거렸다. 헬리는 안개가 되어 여기저기 쏘다니고 있는 그녀를 정확하게 보고 있었다. 그가 천천히 고개를 가로저었다.

너무 멀리 가지 마.

멀리 안 갔는데?

거기도 멀어. 더 가까이 와.

그닥 멀지 않은 것 같고, 이 정도 거리야 안개가 되면 금방 날아갈 수 있는 거리인데. 그녀는 잠시 원래 모습으로 돌아와 헬리를 공격하려는 뱀파이어들을 주먹으로 날려버리면서 고개를 갸우뚱거렸다. 헬리는 그 모습을 보곤 한숨을 작게 쉬었다.

되도록 내 손이 닿는 곳에 있었으면 좋겠어. 여긴 몹시 위험해.

그건 맞는 말이었다. 게다가 헬리는 수하와는 비교할 수 없을 정도로 전투경험이 풍부한 사람이다. 그러니 아직까지 미숙한 수하는 그의 말을 얌전히 잘 듣는 편이 좋다는 걸 알았다.

도움이 되고 싶은 욕심은 굴뚝같았지만, 이런 때 방심하면 큰 화로 돌아온다. 그녀는 몸을 날려 뱀파이어들을 공격하는 칸을 한 번 본 뒤 헬리의 곁으로 바짝 붙었다.

자꾸 널 공격하려는 뱀파이어들이 눈에 띄어.

알아. 그러다가 나랑 멀어지지.

그런 놈들을 처리하려고 가다 보면 거리가 벌어지는 건 순식간이다. 헬리는 고개를 끄덕인 뒤 검을 잡은 손에 더 힘을 주었다.

"크……."

급기야 트레나의 입에서 신음소리가 나오기 시작했다. 그녀는 허우적거리며 헬리를 걷어차려고 했다. 어떻게든 이 귀찮고 성가신 놈을 떼어내는 게 1순위다.

'그다음에 저 계집애를 인질로 잡고…….'

하지만 트레나의 말은 거기에서 툭 끊어졌다. 헬리가 이번엔 관통당한 그녀의 허벅지 상처를 짓밟았기 때문이다.

"아아악!"

"계집애가 아니라 공주님."

어디서 감히 누굴 비하하고 있어. 헬리는 차갑게 분노하며 그녀를 내려다보았다.

"응?"

"뭐?"

이쪽으로 오는 적들을 상대하던 수하와 마한이 이쪽을 돌아보았다. 뭐라고?

신경 쓸 거 없어. 집중해.

그들에게 그렇게 의사를 전달한 헬리는 검을 쑥 뺀 뒤 수하와 마한이 미처 막지 못한 뱀파이어의 목을 꿰뚫었다. 그러곤 다시 트레나의 다른 어깨를 찍어 눌렀다.

이 모든 동작이 채 5초도 지나지 않아 이루어졌다. 트레나는 어마어마한 비명을 이를 꽉 깨물고 참았다.

'날 죽일 생각이 없군.'

"없지."

이젠 그녀의 속내를 낱낱이 읽어 내리기까지 한다. 생각이 훤히 들여다보이다니, 차라리 벌거벗은 채로 서는 게 더 나을 지경이었다. 그만큼 불쾌했다.

"그러면서도 부러워했잖아."

헬리의 목소리는 이 시끄러운 굉음과 폭발음이 지속되는 곳에서도 조용히 트레나의 고막에 하나하나 내리꽂혔다.

이마저도 이능력인 건지, 아니면 의식이 어떻게 되어버린 건지 트레나는 더 이상 알 수 없었다.

"질투하고, 가지고 싶어 하고."

언제나 차분하고 단정하던 헬리의 입꼬리가 비틀렸다.

"욕심이 사나워서 결국 손대면 안 될 것까지 바랐지."

그가 모든 걸 다 기억하게 된 건 아니다. 그저 이렇게 짐작하고 있는 것만 던져도 트레나의 무의식은 그때 기억을 조금씩 떠올렸다. 그러면 그걸 샅샅이 읽으며 짐작한 것이 맞았다는 확신만 가지게 될 뿐이었다.

'손대면 안 될, 우리 다르단 님께 그런 게 어디 있어!'

트레나는 키아악, 날카로운 이를 드러내며 반격하려 했지만, 복부의 상처가 너무나 욱신거리고 아파서 몸을 제대로 움직일 수가 없었다.

"아, 그래. 재상이 그런 이름이었나."

헬리는 고개를 끄덕였다. 그러곤 조용히 현실을 그녀에게 들이댔다.

"너는 끝났어."

그럴 리가 없다. 끝났을 리가 없다. 트레나는 이렇게 크게 다쳐본 적이 너무 오랜만이라 자신이 감을 잡고 있지 못한 거라고 생각했다.

'아니야, 내가……, 다르단, 태조께서 직접 챙겨주신 정예에, 그분의 피까지 마셨는데……!'

"아."

이거 확실히 레일건 마스터는 드리프터들과는 급이 다르구나.

헬리는 바로 밀려드는 어마어마한 정보에 연신 고개를 끄덕였다.

하지만 그리 새롭거나 신선해서 충격을 받지는 않았다. 어쩐지 놀랍지도 않고, 이미 알고 있었다는 느낌이 들었다. 혹은 예상 가능한 일이기도 했다. 소년들과는 달리 적으로 마주하는 뱀파이어들은 그렇게 피에 집착했으니까.

"그리 효과가 없었나 봐."

이젠 뱀파이어들의 비명소리조차 들리지 않았다.

"아니, 효과가 있으니까 그나마 숨통이 붙어 있는 건가."

어느 쪽이든. 헬리는 또다시 이쪽으로 손을 뻗는 뱀파이어를 검으로 막아냈다.

"뭐 좀 알아냈냐?"

그 뱀파이어를 앞발로 짓밟은 칸이 휙 고개를 돌려 물었다.

"알아내는 중이야."

칸은 그 말에 대답하려다가 그에게 송곳니를 들이밀려는 뱀파이어를 걷어찼다.

"아, 진짜, 이놈들 끝이 없어."

"끝이 있어."

뱀파이어들이 대단한 기세를 유지할 수 있었던 건 물량과 자원도 풍부했지만, 무엇보다 경험이 많은 트레나의 지휘력과 공격능력 때문이었다.

확실히 그녀는 다른 뱀파이어들과도 차원이 달랐다. 하지만 안타깝고 매우 유감스럽게도 트레나는 심각한 부상을 세 군

데나 입고 헬리의 검 아래에서 옴짝달싹도 못 하는 상황이었다. 그러니 2층 상황이 어떻겠는가.

"어라."

2층에서 싸우던 자카가 불쑥 1층에 나타났다. 그것도 수하의 곁에 휙 나타나서 그녀가 걷어차버린 뱀파이어의 목뼈를 부러트렸다.

"우와."

하지만 여전히 이 뱀파이어들은 죽이기가 힘들다. 이능력을 이용해 엄청난 속도로 뼈를 부러트리지 않고서야, 평소처럼 맨손으로는 몹시 힘들었다. 자카는 혀를 내두르며 손을 한 번 움직여본 뒤 1층을 둘러보았다. 그건 그렇고, 어쨌든 말이다.

"수하 너는 다친 데 없지?"

"난 멀쩡해!"

"그래. 너만 괜찮으면 됐어."

뭔 소리야, 시온이 그렇게 심하게 부상을 입었는데! 수하가 고개를 들었지만 자카는 이미 그답게 사라진 지 오래였다. 그녀는 고개를 갸우뚱거리며 어떻게든 트레나를 구하려고 하는 뱀파이어들을 막는 데 다시 집중했다.

그사이, 위층으로 올라온 자카는 그 와중에도 힘겹게 애쓰고 있는 지노를 도우며 주변을 다시 살폈다.

2층은……, 이제 슬슬 정리하고 내려가도 될 것 같아, 형.

그의 말에 당장 헬리가 반색했다.

그래? 그럴 수 있겠어?

지금 이놈들, 죄다 1층으로 몰려서 2층으로 올라오는 시도를 할 새도 없어.

그럴 바에는 차라리 바로 1층으로 가서 트레나를 어떻게든 구해야 한다는 이야기가 저들 사이에 퍼진 게 분명했다.

하긴 무전기까지 들고 왔는데 당연하겠지. 여유가 있었다면 무전기도 탈취해서 어떤 통신이 오고 가는지 엿들었을 텐데, 프린태니어 시에 오고부터는 여유라곤 조금도 없었다.

그는 지노가 식은땀을 흘리며 버티는 걸 확인했다. 어찌어찌 내려가야 할 것 같은데.

"다 계단으로 몰아!"

마침 계단 근처에 있던 루슬란이 외쳤다. 옳은 말이다. 솔론이 뱀파이어를 계단으로 내던지며 달려갔다. 경쾌하게 펑펑 터지는 이안의 완력도 제대로 박자를 맞췄다.

"다치지는 말고! 조심히!"

대충 지혈이 끝났는지 타헬이 흥분한 형들에게 한마디 하더니, 몸을 일으켜 시온을 부축했다. 순식간에 자카가 반대쪽에서 시온을 붙들었다. 그는 슬쩍 타헬의 눈을 피해 시온의 주머니에 혈액팩을 쑤셔 넣던 참이었다. 자카의 손놀림이라면 얼마든지 가능한 일이었다.

"되는 대로 얼른 마셔."

최대한 작게 속삭인 자카가 타헬에게 물었다.

"다 끝났어?"

"피는 멈췄어. 걸을 수 있겠어?"

타헬의 질문에 시온이 힘겹게 고개를 끄덕이며 간신히 입을 열었다.

"고마워."

"뭘, 별 걸 다……."

살다 살다 꼴같잖던 드셀리스 주전에게 고맙다는 소리도 다 들어보고, 타헬은 역시 앞일은 모르는 거라고 생각했다.

"나도 좀 더 1층으로 내려갈 수 있을까?"

안 될 게 뭐 있겠냐만, 괜찮을까? 고개를 갸우뚱거리던 타헬은 열심히 시온을 부축해서 앞으로 나아가기 시작했다. 흐트러진 금발 아래 안색은 창백했으나 시온은 정확하게 앞을 바라보았다. 이 정도는 아무것도 아니다. 할 수 있었다.

"형, 어떻게 하려고?"

"……나도 말도 안 된다는 거 아는데."

걱정 가득한 자카의 질문에 시온이 식은땀을 흘리며 웃었다.

"서 있기만 해도 싸울 수 있어."

그리고 자카와 타헬이 서로를 보며 의아해하기도 전에 시온은 그 말을 직접 증명해 보였다.

약간 떨어진 곳에서 루슬란과 싸우고 있던 뱀파이어 하나가 이쪽으로 다가오는 시온을 보았다. '보았으니' 끝이었다. 눈이 마주치자마자 시온은 노란 눈을 빛내며 뱀파이어를 사로잡았다.

"뭐, 뭐야?"

놀란 루슬란이 이쪽을 바라보았다. 뱀파이어는 굳어버린 듯 꼼짝도 하지 못했다. 마치 무언가에 붙들린 듯, 루슬란을 공격하려던 손마저 천천히 내려놓았다.

루슬란은 시온을 한 번 힐끗 본 뒤 완전히 공격 의지를 잃은 뱀파이어를 다시 공격했다. 반항도 하지 못한 채 그대로 목숨 하나가 거둬졌다.

"……가자. 내려가자."

당장 내려가자. 타헬이 눈을 빛내며 시온을 데리고 앞으로 더 나아가기 시작했다.

"어, 형? 괜찮겠어?"

뺨에 난 긁힌 상처를 쓱 문지르며 바쁘게 그림자들을 몰고 다니던 노아가 시온을 바라보았다.

"괜찮아."

"맞아, 괜찮아! 가자!"

이건 된다는 생각에 눈이 반짝반짝한 타헬이 크게 대답했다.

"……내가 뒤를 정리할게. 내려가."

어느새 혼자 단단하게 선 노아는 형을 한 번 보다가 먼저 가라고 손짓했다.

타헬과 자카가 시온과 함께 내려간다면 그 뒤는 노아가 책임질 거다. 이안도 슬쩍 내려다보다가 이쪽으로 점점 뱀파이어들을 몰아가기 시작했다.

엔지가 이안이 미처 쓸어내지 못한 뱀파이어를 상대하면서 점점 아래층으로 내려갔다. 2층으로 밀려났던 소년들이 다시 내려가기 시작했다. 승기가 이쪽으로 기운 것이다.

"마스터부터 구해서……!"

"불가능합니다!"

카밀은 저거 참 듣기 좋은 소리라고 생각했다. 언제나 불가능하고 힘든 건 소년들이었는데, 저 뱀파이어들이 어쩔 줄을 모르면서 우왕좌왕하다니 이거만큼 신나는 일도 없었다. 몸이 좀 쑤시고 아픈 곳이 있었지만 괜찮다. 곧 회복할 것이다.

"내려온다, 저놈들 가만두지 마라!"

탕탕탕, 일단 늑대인간들을 붙잡기 위해 총알이 사정없이 날아왔다. 당장 시온의 눈이 그쪽으로 향했다. 자카가 총알을 걷어내고, 시온과 눈이 마주쳐 꼼짝도 하지 못하는 놈을 마한과 루슬란이 물어 뜯어댔다.

"저놈과 눈을 마주치지 마!"

뭔가 이상하다는 걸 깨달은 뱀파이어 하나가 외쳤지만, 이미 늦었다. 사실 보지 말라고 하면 더 시선이 가기 마련이다. 반사적으로 모아지는 시선을 시온이 하나하나 다 붙잡을 때마다 늑대인간 소년들이 날뛰었다.

그들이 쉽게 죽지 않는 뱀파이어들과 싸우는 사이 시온이 또 붙잡은 시선은 등 뒤에서 날아온 화염과 그림자가 대신 처리했다.

트레나는 이 멍청이들이 뭐 하는 짓이냐고 악을 쓰고 싶었다. 동시에, 제일 멍청한 건 자신인지도 모른다는 끔찍한 자괴감에 빠졌다. 아무것도 할 수가 없었다. 간신히 숨만 쉬며 바닥을 기며 바르작거리는 것밖에 할 수 없었다. 어쩌다 이렇게 된 걸까? 어쩌다가?

"글쎄, 그건 모르겠고."

헬리는 점점 그의 검이 처리하는 뱀파이어보다 위에서 내려온 동생들과 늑대인간 소년들이 처리하는 뱀파이어 숫자가 더 많아졌기에 훨씬 여유가 생겼다. 더구나 그의 곁에는 가까이에 바짝 붙여둔 수하가 종횡무진하고 있었다.

"사실 이제 와서 따져봤자 의미도 없어."

그는 한가하게 말하며 수하와 시온을 눈으로 좇았다.

"그러니까 좀 더 생산적인 쪽을 생각해봐."

시온이 트레나를 붙들어둔다면 얼마든지 그녀의 의식을 비집고 열어서 뱀파이어 소년들이 반드시 알아야만 하는 기억을 끄집어낼 수 있을 것 같았다. 헬리는 완전히 꺼져서 쓰러진 조명 조각을 발로 쓱쓱 모아 치웠다.

겉으로 보기엔 아주 평온해 보였으나, 트레나의 생각을 꿰뚫고 있는 이상 그녀가 손가락이라도 잘못 까딱거렸다간 헬리는 곧장 사정없이 검을 내려찍을 예정이었다. 트레나 역시 극도로 긴장한 상태로 그를 노려보았다.

'죽을 순 없어.'

누구나 다 바라고, 누구에게나 당연히 있는 생존본능에 헬리는 평온하게 웃었다.

"좋은 생각이야."

죽지는 말아야지. 그래야 속을 다 읽어낼 테니까.

제 58 화

꿈
part 14

프린태니어 시 외곽, 사람들이 찾지도 않는 오래된 3층 건물에서 나던 끔찍한 소음과 번쩍거리는 불빛들은 이제 서서히 잦아들었다. 부딪치던 두 세력 중 어느 한쪽이 어느 정도 진압되었다는 뜻이었다.

이곳으로 몰려들던 흉흉한 뱀파이어 무리들이 그 진압 대상이었다. 곳곳에 처참하게 쥐어뜯긴 시신들이 널브러졌다.

시신 모습이 험악한 만큼 소년들도 목숨을 내걸고 처절하게 싸웠다는 뜻이었다.

건물 바깥으로 그림자가 사납게 너울거렸고, 매캐하게 타는 냄새가 심했다.

엔지는 헉헉 숨을 몰아쉬며 털썩 주저앉았다. 그의 앞에 마지막으로 급소를 물어 뜯어버린 뱀파이어 시신이 함께 쓰러졌다.

"괜찮냐?"

솔론이 그를 힐끗 보며 물었다.

"……죽을 거 같아……."

으어어어, 엔지가 내뱉는 말에 픽 웃은 솔론은 부상을 입었던 마한과 루슬란을 챙겼다. 카밀도 슬슬 뒤로 빠지는 게 보였다. 남은 놈들을 정리하는 건 훨씬 영역을 넓게 부릴 수 있는 노아가 맡았다.

"너무 무리하지는 마."

솔론의 만류에 자카와 노아는 고개를 저었다.

"잡을 수 있는 데까지 잡아야지. 저것들이 도망쳐서 더 큰 지원군을 끌고 오면 어떡해?"

분명히 더 큰 지원군이 있을 거다. 노아는 특히 쌍둥이 자매 중 하나만 왔고, 그들이 섬기는 재상은 없다는 게 너무 신경 쓰였다. 그러니 도망치는 놈이 하나도 없도록 최선을 다해야 했다.

"어쩌긴, 어차피 우리는 여길 뜰 거고……."

솔론의 말이 끝나기도 전에 자카와 노아가 휙 사라졌다.

"……갔는데."

엔지가 벽에 기대며 중얼거렸다.

"그러게."

뒤늦게 솔론도 대답했다. 어쩔 수 없지. 너무 멀리 갔다간 되려 위험한 일을 당할지도 모른다. 솔론도 자리를 툭툭 털고 나섰다.

"따라가게?"

"너무 멀리까지는 가지 않게 하려고. 이 뒤를 좀 부탁할게."

"걱정 말고 다녀와."

엔지가 손짓을 하며 자리에서 일어났다.

전투 중에 전세가 뒤집히는 건 순식간이구나. 불과 30분 전까지는 어쩌면 여기에서 소중한 누군가를 잃을 수도 있겠다는 생각에 각오를 다졌는데, 지금은 이렇게 여유로워도 되나 싶을 정도였다.

뒤로 후퇴하는 뱀파이어들을 칸이 가만 놔두지 않는 게 보였다. 그럼 저쪽에 합류해볼까. 엔지가 날렵하게 휙 날아서 묵직하게 뱀파이어들을 쳐냈다.

"도망가긴 어딜 도망가, 이 비겁한 놈들아!"

지금도 힘이 넘쳐나는 이안이 1층에서 물러나는 뱀파이어의 뒷덜미를 붙잡아 던졌다. 후퇴한다면, 결국 저들은 트레나를 구출하는 것을 포기한 셈이다.

그사이 타헬에게 의지한 시온과 으르렁대는 마한, 그리고 지노가 비틀거리면서도 헬리에게 가까이 왔다. 정확하게는 헬리가 내려다보고 있는 트레나를 노려보며 다가왔다.

언제나 의기양양하다 못해 사납고 잔인하던 트레나의 눈은 어쩔 줄을 모르고 이리저리 굴러다니고 있었다.

"나자크, 뒤쫓아!"

"어, 지금 가."

"너무 멀리 가지는 마!"

칸이 나자크의 뒤통수에 대고 외친 뒤 본래 모습으로 돌아왔다. 뚜벅뚜벅 이쪽으로 걸어오는 그의 걸음이 묵직하게 들렸다.

"다들 괜찮아?"

물어보던 칸의 시선이 지노에게 닿았다.

"다쳤구나."

"별것 아니야. 회복 중이고."

지노는 고개를 가로저었다. 다치지 않았다면 당장 솔론을 비롯한 추적대에 합류해서 후퇴하는 놈들을 쓸어버렸을 텐데. 불이나 그림자 같은 광역능력은 추적할 때도 상당히 쏠쏠

했다.

"좀 앉아."

당장 타헬이 지노에게 한마디 했다. 앉긴 뭘 앉아. 그는 정말 괜찮았다.

"그래, 좀 앉아라. 어딜 다쳤어?"

괜찮은데, 늑대인간 소년들이 오히려 지노를 걱정하며 물었다. 지금은 레일건 마스터를 심문하는 아주 중요한 때인데 말이다.

"엄청 세게 날아갔잖아."

치료하다가 기겁하는 줄 알았다며, 타헬이 지노를 살폈다.

어어, 어쩌다 이렇게 됐지? 지노는 황당해 하면서도 셔츠를 걷었다.

"지노는 좀 쉬는 게 좋겠어. 그리고 시온이 날 좀 도와줄래?"

트레나에게서 눈을 떼지 않은 헬리가 중얼거리자 시온이 비틀거리며 앞으로 나왔다. 그는 어느새 슬쩍 혈액팩 하나를 따서 마시고 있었다. 수하와 늑대인간 소년들이 다 보고 있는 데서 피를 마시고 싶지는 않았지만, 계속 집중하려면 어쩔 수 없었다. 늑대인간 소년들이 슬쩍 모른 척해주고 있다는 것도 훤히 보였다.

"나 붙잡아."

얼른 수하가 다가와서 그를 잡으며 말했다.

"고마워."

살짝 웃은 시온은 곧장 고개를 돌리고 트레나를 바라보았다.

"시, 싫어, 안 돼!"

여태까지 무력감이 주는 공포에 휩싸여 감히 움직이지 못하던 트레나가 고개를 뒤채기 시작했다. 시온이 뭘 하려는지 알았기 때문이다. 차라리 여기에서 죽는 게 낫겠다고 그녀가 마침내 죽을 생각을 하는 순간, 끝내 그녀의 시야를 노랗게 빛나는 눈이 가득 채웠다.

그리고 수많은 늑대인간을 도륙하다 못해 종족 전체를 말살하던 레일건 마스터는 움직임을 멈췄다.

☾

"아씨, 아무래도 빠져나간 것 같지?"

노아는 신경질을 내며 자카에게 물었다. 적당히 쫓으라는 나자크의 말에 일단 멈췄지만, 아무래도 찝찝했다. 눈에 보이는 건 다 죽였는데도 말이다.

"느낌이 그래."

"다 잡을 수는 없지."

자카는 어깨를 으쓱거렸다.

"이 정도면 우리가 크게 이긴 거야. 그리고 결국엔 저쪽도 알게 될 일이니까, 시간문제에 불과해."

"그러니까 난 그 시간을 조금이라도 더 벌고 싶다는 거지."

도망치는 놈이 곧장 재상에게 가서 날름 일러바칠 테니, 소년들도 움직여야 했다.

노아는 단단한 흉통을 한 번 크게 부풀렸다가 다시 꺼트렸다. 끝을 볼 때까지 멈출 수 없다.

"어쩔 수 없지."

자카는 어쩌겠냐는 표정으로 노아의 어깨를 감쌌다. 얼굴이 부루퉁해진 노아는 살살 끌고 가는 자카에게 못 이기는 척 그냥 털레털레 끌려 돌아갔다.

어쨌든 돌아가서도 할 일이 꽤 많았다. 여기로 몰려들 사람들의 눈을 피해 빨리 짐을 챙겨서 흔적도 없이 사라져야 했고, 동시에 다친 소년들도 돌봐야 하며, 앞으로 어디로 갈지도 정해야 했다.

자카가 짧게 웃는 소리를 내자 노아가 고개를 돌렸다.

"왜? 왜 웃어?"

"아니……. 어디로 갈지 정하지도 않고 일단 싸운 게 어이가 없어서."

"아. 정할 수가 없었으니까."

계속 나오는 단서들을 따라가면서 목적지가 정해지는 식인데다, 여기에서 살아남지 않는다면 사실 미래도 기약할 수 없었다.

"보육원에서 나올 때도 생각나고. 그런데 그때와는 또 다르고."

노아는 이래저래 생각이 많아 보이는 자카의 옆얼굴을 쳐다보았다.

"어쩔 수 없이 계속 가야 한다는 건 아는데, 뭐든 감당할 수 있는 정도였으면 좋겠어."

드러난 과거든, 진실이든, 전부 감당할 수 있을 정도였으면 좋겠다.

"내 생각엔 이미 충분히 감당하고 있는 것 같아."

노아는 공주를 제단 위로 올려보내고 재상과 그의 부하들을 경계하던 꿈을 떠올리며 중얼거렸다.

"전부 납득이 가능한 일이야."

아, 우리가 이래서 이렇게 모인 거구나. 우리는 계속 함께였구나. 그래서 수하를 만난 거구나. 하나하나 납득하고 이해하면 할수록 더더욱 유대감은 강해졌다.

"그래. 저 선샤인시티 주전들 빼고."

자카의 퉁명스러운 말투에 노아는 이 와중에도 하하 웃어버리고 말았다.

"걔들이랑 엮인 건 좀 특이하지?"

"좀 특이한 게 아니라 엄청나게 이상해. 이렇게 될 줄은 몰랐어."

"합이 꽤 잘 맞던데?"

"나만 그러냐, 다들 그렇지. 몇 번 맞추다 보면 누구든 익숙해지게 되어 있어."

말은 그렇지만, 자카도 늑대인간 소년들이라서 합이 잘 맞는다는 걸 알았다.

뱀파이어 소년들을 대적할 만한 실력을 갖췄고, 전투 센스도 그만큼 뛰어나다. 머리가 돌아가는 방식이나 효율도 비슷해서 몇 번 더 함께 싸웠다간 헤어지는 게 아쉬울 지경이겠다.

나이트볼 리그에서 만났을 때는 그냥 귀찮고 짜증 나고 재수 없는 라이벌이었는데, 이젠 같이 싸우고 살아남은 전우였다.

"다 잡았냐?"

터덜터덜 저쪽에서 걸어오는 나자크가 물었다. 노아와 자카는 동시에 고개를 흔들었다.

"아, 그렇지? 이쪽으로도 도망간 놈이 최소한 한 놈은 있는 것 같아."

나자크는 아쉬워 죽겠다는 듯 중얼거렸다.

"중상을 입었을 거야. 멀리 가진 못했을걸."

자카는 노아를 위로했듯 나자크도 위로하며 다시 반쯤 부서진 건물로 돌아갔다. 새삼스럽게 바깥에서 보니 아주 가관이다.

"……저 안에 다시 들어가도 되는 걸까?"

폭탄이 여기저기에서 계속 터져서 건물 꼴이 말이 아니었다. 3층이 그나마 외관상 깨끗하게 보였고, 1층은 여기저기 그을리고 금이 쩍쩍 가서 솔직히 다시 들어갈 엄두도 나지 않았다. 노아는 정말 진지하게 헬리를 찾았다.

형, 바쁜데 방해해서 미안한데, 바깥으로 나오는 게 좋지 않을

까? 건물이 꼭 무너질 것처럼 보여.

아.

역시나 레일건 마스터의 생각을 다 읽고 있던 건지, 헬리는 짧게 대답한 뒤 더 이상 말이 없었다.

"뭐래?"

"듣기는 했는데, 생각을 읽느라 바쁜가 봐."

"하긴 제일 중요하니까."

나자크와 자카가 고개를 끄덕이는데 건물 입구에서 뜻밖에도 수하가 손을 흔드는 게 보였다.

"나가는 것 좀 도와줘!"

아직 별이 지지 않고 반짝이는 밤, 소년들은 아슬아슬한 건물 안에 시신들을 몰아넣고 필요한 것만 챙겨 나왔다.

지노가 불을 만들어 3층부터 꼼꼼히 태우기 시작하는 사이, 바깥으로 나온 헬리는 여전히 시온의 도움을 받아 트레나를 심문했다.

"누가 지혈 좀 해줘. 직접 자백하게 해봤자 힘만 뺄 뿐이니까 내가 계속 읽어낼게. 나머지는 시온, 부탁해."

적어도 모든 정보를 다 알아낼 때까지는 트레나가 살아 있어야 했다.

냉철한 헬리의 판단에 타헬이 곧장 가방을 다시 열었다. 매캐한 연기가 뱀파이어 시신이 타는 역겨운 냄새를 실어 날랐지만 소년들은 표정 하나 바꾸지 않고 꼼짝도 못 하는 트레나를 노려보기만 했다.

그녀는 시온의 명령에 의해 아무런 반항도 하지 못했다. 늑대인간들의 피로 잔치를 벌이던 레일건 마스터의 몰락이었다.

"좀 쉬었다가 하는 게 어때?"

칸이 헬리의 어깨를 잡고 물었다. 헬리는 대답하는 대신 잠시 미간을 문질렀다.

"아니, 곧 끝날 것 같아. 중요한 거 몇 개만 물어보면 되니까."

그는 그렇게 말하며 레일건 마스터의 책상에 가져온 재상의 사진을 꺼냈다. 뱀파이어 소년들에겐 재상이다. 어딘지는 모르지만 그들이 살고, 여왕이 다스리며, 공주가 살던 왕국의 재상.

"누구지?"

다르단 님, 최초의 뱀파이어이신 분. 위대한 우리들의 태조.

태조라. 최초의 왕이라고 자칭하는 건가. 한낱 재상이었으면서 건방지게. 헬리는 미간을 다시 찌푸리며 한참을 더 읽었다.

"이 자가 늑대인간들을 납치해 오라고 명령했군."

역시나. 칸을 비롯한 늑대인간 소년들이 표정을 굳혔다.

"이 '다르단'이라는 자가 우두머리야. 아주 오래 산 뱀파이어지."

"다르단."

칸은 그 이름을 외워두려는 듯 중얼거리며 고개를 끄덕였다.

"그럼 그 다르단이란 놈만 잡으면 되는 거야?"

열심히 트레나의 다리 상처를 묶던 타헬이 고개를 들고 물었다.

"……아니. 머리를 먼저 치기엔 우리가 너무 숫자상으로 열세야."

오늘 밤만 해도 그랬기 때문에 헬리의 씁쓸한 말에 타헬은 고개를 도로 푹 숙였다.

헬리는 머릿속으로 급하게 흡수한 정보를 헤아리며 몇 가지를 더 물었다.

“네 쌍둥이 자매는 어디에 있지?”

뭐? 쌍둥이였어? 경악한 루슬란이 입을 딱 벌렸다. 트레나만 봐도 뭐 저런 괴물 같은 뱀파이어가 다 있나 했는데 하나가 더 있다고?

“와, 얘기만 들어도 끔찍하다. 그 쌍둥이는 어떻게 잡지?”

“아니, 가만히 있어 봐. 그냥 쌍둥이인지 세쌍둥이인지 네쌍둥이인지 어떻게 알아?”

섬뜩한 말을 하는 카밀 때문에 루슬란은 진심으로 소름이 끼친다는 듯 고개를 흔들었다.

“그냥 쌍둥이야. 오토널이라는 도시에 있다는데.”

다행히 헬리의 말에 안도의 한숨을 쉬던 루슬란은 멈칫거렸다. 아니, 지금 이게 안도할 일이야? 오토널? 오토널은 또 어딘데? 당장 엔지와 자카가 휴대폰을 꺼내 검색하기 시작했다. 그 와중에 휴대폰은 참 잘 챙긴 두 사람은 오토널의 위치를 바로 소년들에게 보여주었다.

“납치한 늑대인간들을 궁극적으로 어디로 보낸 거지?”

헬리는 늑대인간 소년들이 알고 싶었던 질문도 전부 챙겼다.

오토널을 거쳐 성으로. 태조께서 계시는 곳으로.

도대체 늑대인간들의 피로 뭘 한 건가. 헬리의 눈이 가늘어졌다.

바르그의 피에 비견할 피! 더 큰 힘! 완전한 힘!

걷잡을 수 없는 욕망이 날것 그대로 드러나 흘러넘쳤다. 헬리는 치밀어오르는 구토감을 억지로 삼켰다.

제 59 화

꿈
part 15

지노는 트레나의 시신에도 불을 놓았다.

"다르단의 성격으로 봐선 트레나의 시신도 필요하다면 실험체로 쓸 거야. 그자의 눈에는 모든 게 다 실험대상이야."

헬리는 지친 기색으로 중얼거렸다. 이 뱀파이어들을 상대할 때마다 결국 얻게 되는 정신적 피로도와 역겨움이 상당했다.

"더 나은 부하를 얻으려고?"

지노가 물었다. 그건 아주 평범하고 정상적인 사고방식이었다. 헬리는 그래서 픽 웃었다.

"아니, 더 나은 힘을 얻으려고. 부하 같은 건 도구야. 그놈은 처음부터 끝까지 자기 자신에게만 관심이 있었어."

"……마주칠 때마다 감이 안 좋긴 했지."

헬리는 지노를 쳐다보았다. 언제 본 적이라도 있냐는 시선이었다.

"꿈에서."

"그래, 꿈에서."

혹은 우리도 모르는 아주 머나먼 과거에서.

"……진짜 사실이야? 그게 꿈이 아니라, 정말로 있었던 일이냐고?"

지노는 시신이 잘 타고 있는지 확인하면서 연신 물었다. 머리카락을 쓸어 올린 헬리는 고개를 끄덕였다.

"오래된 기억들 몇 개를 뒤져서 봤어. 시온이 떠올리라고 명령하니까 곧바로 보이던데."

더 말을 하기도 힘들어서, 헬리는 그가 보았던 트레나의 기억 중 장면 몇 개를 지노에게 보여주었다.

트레나의 눈으로 본 재상 다르단, 여왕, 병약하다가 건강해진 공주, 그리고 공주의 곁을 늘 삼엄하게 지키고 있던 그들. 뱀파이어 소년 일곱 명.

눈이 커다래진 지노는 화들짝 놀라 몸을 일으켜 헬리를 쳐다보다가, 다시 시선을 돌렸다가, 결국 도로 주저앉았다.

"와, 우와……."

순식간에 생생한 기억과 꿈이 합쳐졌다. 나 혼자 꾼 꿈이야

허상에 불과할 수도 있겠지만, 다른 사람의 기억과 꿈이 같다면 그건 허상이 아니다.

"나는 그냥 믿기로 했어. 이쯤이면 꿈이 아니라 현실이지."

"그럼 우리가 그렇게 나이가 많은 거야?"

그럴 리가! 지노가 경악하는 사이 뒤에서 터덜터덜 이안이 걸어왔다.

"나이가 많은데 왜 보육원에서는 한참 어렸겠냐? 분명히 중간에 뭐가 빠진 거지."

예를 들면, 보육원 원장선생님을 비롯한 선생님들과 어렸던 그들 말이다.

이안은 지노의 곁에 털썩 주저앉았다.

"그럼 다시 어려져서 보육원으로 갔다는 거야? 어떻게?"

"재상이 반란을 일으킨 모양이야. 뭐, 어떤 식으로든 배신했어. 큰일이 있었던 모양인데 그건 너무 뻔해서 그냥 지나갔어. 다른 거 알아내기도 바빠서."

정말 필요한 사실만 어떻게든 빠르게 빼낸 헬리는 피곤한 목소리를 숨기지 못했다.

트레나에게서 알아낸 것을 늑대인간 소년들과 공유할 때는 한마디도 나오지 않았던 이야기다.

"노아가 들으면 그럴 줄 알았다고 씩씩댈 거야. 갠 꿈에 재상이 보였을 때부터 싫어했거든. 그게 훤히 보였는데, 역시나."

"뭐 때문에 배신을 해?"

글쎄. 헬리는 어깨를 으쓱거리며 어마어마한 열기에 흔적도 없이 사라지는 시신을 바라보았다. 건물도 이젠 거의 다 전소되어 흰 연기만 사방에 날리는 중이다.

늑대인간 소년들이 저쪽에 모여 있는 사이, 뱀파이어 소년들은 이쪽에 모여서 잘 챙겨놨던 피를 따로 마시며 서둘러 원기보충을 했다. 그러지 않으면 지금부터 이어질 장거리 여행이 몹시 고될 것이다.

"아, 그래. 뻔하지. 늑대인간들 잡아가는 거 보면 뻔해. 그놈의 힘 때문이지?"

이안의 빈정거림에 헬리는 잠시 고민했다.

어떻게 할까. 트레나에게서 읽어낸 그 구역질 나는 욕망을 조금 느끼게 해줄까? 그걸 느낀다면 굳이 설명할 필요도 없이 얼마나 상황이 심각한지 다들 알 수 있을 텐데.

고민하던 그는 그냥 관두기로 했다. 그 역겨운 욕망, 그릇이 되지 않는데도 끊임없이 갈망하는 끝없는 고집은 헬리만 느끼고 마는 게 나았다. 고생한 동생들이 그런 걸 보고 들으면 안 된다.

"그렇지. 정확하게는 공주가 마신 피 때문이야."

"그, 늑대신인지 수호신의 피 말이지? 그거 마시고 병은 나았대? 매일 골골댔잖아."

툭 하면 쓰러지고 열이 올라 힘들어하던 걸 이안은 꿈에서 보았다. 혹은 기억했다.

"그런 모양이야. 낫다 못해 아주 강력해진 게 분명해. 다르단이, 재상이 그 힘을 계속 노리고 있으니까."

"도대체 그 힘이 뭔데?"

이안은 이해가 안 간다는 듯 고개를 갸우뚱거렸다.

"지금도 충분히 강하잖아."

뱀파이어 소년들이 완전히 뻗어서 피라도 마시며 끙끙댈 만큼 강력했다. 옆구리를 뚫린 시온은 지금 아무 말도 못 하고 계속 혈액팩만 까는 중이었다.

"낮에 취약하지."

정신이 없던 와중에도 헬리는 인간이었을 때와는 달리 햇빛 아래를 거닐 수 없다는 트레나의 절망감을 생생하게 느꼈다.

"흡혈 욕구를 잘 이기지도 못해."

"……그건 나도 그랬는데."

지노가 머뭇거리며 말하다 고개를 푹 숙였다. 보육원에서 한때 흡혈 욕구를 이기지 못하고 자카를 깨문 적이 있었다.

"네가 지금도 그러는 건 아니잖아. 정도도 강하지 않았고."

"아니, 깨물었다니까."

"어느 정도든 다르단의 부하들과는 비교할 게 못 돼. 마약 금단증상 수준이더라고. 미쳐서 충족될 때까지 인간을 계속 죽이고, 피를 마시는 거야."

사람 수준이 아니었다. 이성이 싹 휘발되고, 흡혈 욕구만 남아 상대를 파괴하는 걸 사람이라고 부를 수 있을까? 그런 흡혈 욕구를 여러 번 보면서 가족과 일족을 잃은 늑대인간 소년들의 혐오감이 이해될 지경이었다.

"우리랑 달라. 그건 평생 가는 모양이야."

"그럼 다르단 그놈도?"

"그렇겠지. 그러니까 계속 늑대인간들의 피를 실험해보는 거고. 결국 늑대신의 피가 궁극적인 목적인 거야."

"야망이 강하다는 인상은 있었지만 반란을 일으킬 정도인 줄은 몰랐는데."

이안은 혀를 내둘렀다. 나라를 통째로 엎어버렸단 말인가. 그냥 나이트볼을 하고 공부도 하고, 형제들과 즐겁게 지내는 게 우선인 그에겐 반란이니 뭐니 하는 이야기가 너무나 거대했다. 그는 그래서 그의 일상에 더 가까운 이야기를 물었다.

"그럼, 원장선생님은?"

당장 바닥에 아무렇게나 누워 있던 솔론이 고개를 들었다.

"원장선생님을 레일건 마스터가 어떻게 알고 있었던 거래?"

꿈이 사실은 실제로 있었던 일이란 건 아무래도 좋다. 그것보단 그들을 길러주고 사랑해줬던 보육원 선생님들과의 관계가 더 궁금하고 더 중요했다.

우리는 왜 보육원에 있었고, 왜 습격을 받은 걸까?

왜?

소년들의 시선이 헬리에게 모이고, 불길이 마지막 불꽃을 발산하며 빛나기 시작했다.

☾

수하가 앉은 채로 솔론의 등에 이마를 박고 자고 있는 걸 발견했을 때 칸은 잠시 생각했다.

'……걱정되는데.'

그러곤 바로 그 생각을 지워버렸다. 그가 사사로이 걱정하는 것일 뿐, 수하에겐 실례인 생각일 수도 있으니까.

혼자 성별이 다른 입장인데 얼떨결에 이 기나긴 전투에 끼게 되었으니 다른 누구도 아닌 수하가 제일 힘들 거다.

솔론은 이안의 어깨에 기댄 채 자고 있으니 뭐, 그럭저럭 평온한 모습이다. 게다가 이안의 다리는 그 뱀파이어들을 무서워하고 싫어하는 타헬이 떡하니 베개로 삼아서 자고 있었다. 같이 2층에서 싸우더니 좀 친해졌나? 어쨌든 다들 잘 자는 중이다.

'평안히 자길.'

칸은 그들에게 담요를 덮어주었다. 하지만 수하는 평안한 잠과는 약간 거리가 먼 꿈을 또 꾸고 있었다.

☾

온갖 수를 다 쓰고 의사들을 다 동원해봐도 낫지 않던 공주의 불치병은 여왕이 결국 꺼내든 고대 수호신, 바르그의 피 앞에서 완전히 사라졌다.

공주는 이제 침대와는 거리가 먼 생활을 하며 날아다니다시피 했고, 그녀의 어머니인 여왕은 뛸 듯이 기뻐했다.

공주님.

아, 마지, 장관님, 울지 마. 울지 마!

그리고 그녀를 아끼는 또 다른 존재는 눈시울을 붉히며 울었다. 점잖게 곁에 시립한 헬리가 마지라 불린 장관에게 손수건을 꺼내 내미는 사이, 공주는 어쩔 줄을 몰라 하며 그녀를 달랬다.

울 일이 아닌데 왜 울어? 우리 엄마는 완전 신나서 춤추고 다니시던데.

죄송합니다. 하지만 아주 기쁠 때 눈물이 나기도 하는 법이랍니다.

손수건으로 눈물을 닦아낸 마지는 빙긋 미소를 지었다.

그건 나도 알아요, 선생님. 안다구.

왕국의 고귀한 후계자를 여태까지 잘 가르쳐온 스승인 마지는 잠시 벗어놨던 안경을 쉽게 다시 쓰지 못했다.

툴툴대는 제자이자 공주의 뺨은 보기 좋게 생기가 감돌았고, 혈색이 아주 좋았다. 언제나 걱정될 정도로 창백했는데 그녀는 이젠 환자와는 전혀 관계가 없는 삶을 건강하게 살고 있었다.

아는데 조금 민망하네. 내가 그렇게 아팠던 것도 아니고.

그렇게 아프셨던 거 맞습니다.

말도 못 하고 주르르 눈물을 흘리는 마지를 대신해 헬리가 아주 정중하지만 단호하게 말했다.

이러기야?

사실이니까요.

아니, 그래도 그렇지 내가 벽을 부수는 걸 보고 우는 사람은 또 처음 봐서 민망하네.

공주는 몹시 민망해하며 부서진 담장 잔해를 발로 슥슥 밀었다. 그냥 신나게 공중제비를 돌면서 담장 위에 올라서려고 했는데 그걸 부숴버릴 줄은 또 몰랐지. 진짜 몰랐다니까.

공주님. 그냥 벽을 부순 게 아니라 돌을 부순 겁니다. 이젠 정말 기물파손에 주의해주십시오.

공주는 대답 대신 주먹을 꽉 쥐고 헬리를 쳐다보았다.

물론 호위기사들의 안전에도 만전을 기해주시고요. 기사들도 아주 연약하답니다.

마지, 쟤 좀 끌고 가서 새로 가르쳐!

그때쯤 이 평범한 제자들의 싸움에 간신히 눈물을 그친 마지는 손수건을 내려놓고 안경을 도로 썼다.

뭘 가르칠까요, 공주님?

공주를 공경하는 법, 충성하는 법, 뭐 그런 거!

저 정도면 충신입니다, 공주님.

하하, 공주는 기가 막히다는 듯 웃었다.

충신 다 죽었다. 너네, 단체로 나 놀리기로 작정했지? 아까는 시온이 궁정살림 다 거덜내겠다고 하더니!

실제로 걱정이 되는군요.

마지는 태연하게 웃으며 맞받아치는 헬리를 가만히 바라보았다. 그의 까만 눈에 즐거움이 가득하다. 공주는 다 회복한 것 같고, 그래서 그녀의 기사들도 몹시 즐거워 보였다. 공주 역시 기사들이 슬슬 놀려대는 걸 같이 맞받아칠 수 있을 정도로 체력이 늘었다는 데 행복해했다.

어쨌든, 결정적인 데서 기사들은 선을 결코 넘지 않았다. 그녀는 왕국 유일의 후계자이자 바르그의 피까지 받아 엄청난 힘을 얻은 소중한 존재이고, 기사들은 말 그대로 수호기사에 불과하니까.

공주님, 잠시 이쪽으로.

지노가 와서 정원 입구에 선 비서관을 가리켰다. 또 공주가 해야 할 일이 있나 보다.

어, 잠시만. 마지도 가지 말고 있어!

그럼요, 공주님.

공주가 휙 달려가는 걸음은 경쾌하고 속도는 무척 빨랐다. 하나로 묶은 머리카락이 휙 날리다 사라지는 모습을 가만히 보던 헬리에게 그의 스승인 마지가 말했다.

공주님께 새로운 힘이 생겼다면서.

예. 그렇습니다.

이런, 내가 너희를 호위기사로 키웠는데 이젠 기사가 필요 없으실 지경이겠구나.

헬리는 짧게 웃기만 할 뿐 대답하지 않았다.

헬리. 공주님은 장차 왕위에 오르실 분이야.

그걸 모르는 사람이 있습니까.

아직 나이가 어리시고 성품이 밝으시지만, 상처도 많이 받고 버텨내는 법을 배우시다 보면 결국 지배자가 되실 거다. 바르그

의 피까지 받으셨으니 그 무엇도 공주님의 운명을 막을 수 없어.

헬리는 마지를 돌아보았다. 이미 다 자라서 청년의 모습을 갖춘 그는 그만 말하라는 눈빛이었으나, 그를 가르친 스승에게 그런 말을 대놓고 하지는 못했다.

접어야 한다.

마지는 간절히 말했다.

접어야 해. 접고, 잊고, 봉하렴. 안 된다.

스승은 아마 이미 알고 있을 것이다. 환하게 웃고, 씩씩대고, 당한 만큼 골려주고, 위엄을 갖출 때는 한없이 진지한 공주를 보는 헬리의 눈을 봤을 거다. 그 눈빛은 감춘다 해서 감출 수 있는 게 아니다. 저도 모르게 그렇게 보게 되니, 헬리도 어쩌질 못했다.

우리가 섬겨야 하는 분이지, 곁에 둘 수 있는 분이 아니야. 혼자

독점할 수도 없는 분이고.

오랜만에 본 마지는 부드럽지만 단호하게 말했다. 그녀는 사랑이 넘치는 스승이었지만, 동시에 분별을 똑바로 하는 엄격한 충신이었다.

공주님의 배우자는 아무나 될 수 없어. 충심과 연모를 헷갈려선 안 돼.
스승님. 저는 그런 게 헷갈릴 정도로 멍청하지 않습니다.

다만, 멍청하지 않기 때문에 더 나아가지도 못하고 가만히 있을 뿐이다.

다르단 재상을 경계해야 한다. 공주님께서 나아지신 이후로 그 사람이 영 수상해. 지금 중요한 건 공주님의 안위와 왕위계승이지…….
예, 압니다. 재상은 저도 경계하고 있습니다.

헬리는 그쯤에서 마지의 말을 끊었다. 그는 이미 스승의 손을 떠나 장성한 기사였다. 다 알고 있다. 공주가 아직 어리고, 여왕은 재상을 신뢰하고 있고, 재상은 꿍꿍이가 있다는 걸 다 안다. 그리고 그의 마음도 표현하지 말아야 한다는 것도 안다.

수도에서 계속 사람들이 실종되고 있습니다. 그 또한 주시하고 있습니다.

그럼 너는 네 스스로를 경계하고 있니?

그 말에 대답이 들려오지는 않았다. 생각보다 간단한 일에 얼른 지시만 해놓고 빠르게 돌아왔던 공주는 모퉁이에 서서 어쩔 줄을 몰랐다.

엿들으려던 건 아니었는데, 수호신의 피를 마시고서 더 발달한 청력은 들어선 안 될 대화를 다 들어버렸고, 그 후에는 그녀마저도 끼어들 수가 없었다. 지극히 사적이고, 또 묵직한 대화였기 때문이다.

마지의 한숨 소리가 들렸다.

〈DARK MOON: 달의 제단〉 5권 끝

2023년 12월 20일 초판 1쇄 발행

기획/제작 | HYBE
공동기획 | WEBTOON

발 행 인 | 정동훈
편 집 인 | 여영아
편집국장 | 최유성
편　　집 | 양정희 김지용 김혜정 김서연
디 자 인 | DESIGN PLUS

발 행 처 | (주)학산문화사
등　　록 | 1995년 7월 1일
등록번호 | 제3-632호
주　　소 | 서울특별시 동작구 상도로 282 학산빌딩
편 집 부 | 02-828-8988, 8836
마 케 팅 | 02-828-8986

ISBN 979-11-411-2010-8 03810
ISBN 979-11-411-2005-4 (세트)

값 9,800원